そらの絆は旦那さま

野原　滋

幻冬舎ルチル文庫

CONTENTS ✦目次✦

そらの絆は旦那さま……5
胡桃と酒と梅ふぶき……177
あとがき……217

✦カバーデザイン＝chiaki-k（コガモデザイン）
✦ブックデザイン＝まるか工房

イラスト・サマミヤアカザ✦

そらの絆は旦那さま

中庭を臨む縁側に腰掛けながら、空良《そら》は風の行方を追っていた。

午後の陽射《ひざ》しは柔らかく、じっとしていても身体《からだ》がポカポカと暖かい。風に運ばれた花びらが、弧を描きながら池の上にさらりと落ちた。池の魚がそれを口に入れたが、餌《えさ》ではないと知り、すぐに水面に戻した。頭上では鳥たちが賑《にぎ》やかに囀《さえず》っている。

ここ日向埼《ひゅうがさき》に空良たちが移ってから三度目となる春である。夫高虎《たかとら》のもとに嫁いでからは六年目となった。これまで様々な苦難があり、それらすべてが片付いたとはいえないが、厳しい冬を乗り越えた今は、概《おおむ》ね平穏と思える春だ。

「空良さま」

縁側で日向《ひなた》ぼっこをしている空良に声を掛けてきたのは、城で下働きをしている捨《す》て吉《きち》だ。

去年の春先、山で拾ってきた孤児の捨て吉を城に連れ帰り、そのままここで働いてもらっている。痩《や》せこけて棒のようだった手足には肉がつき、ほっぺもぷっくりとしてきた。手には盆を載せている。

「お茶をお持ちしました。あと、これ、……名前忘れた」

「あ、落雁《らくがん》だ。うんと甘いお菓子だよ。捨て吉も一緒に食べよう」

空良の誘いに一瞬躊躇《ちゅうちょ》した捨て吉は、それでも甘いお菓子の誘いには抗《あらが》えなかったらしく、空良の隣にちょこんと座った。

空良が落雁を手で摘《つ》まんで口に入れてみせると、捨て吉もそれを真似《まね》て頬張《ほおば》った。口の中で転がしながら、広がる甘さに目を大きく見開いている。「甘いだろう？」という空良の問いに、コクコクと首を揺らして答えてくれた。両手でほっぺを押さえる仕草が可愛《かわい》らしい。

「今日はなんの仕事をしていたんだい？」

「いつもと変わらないです。膳の片付けと、野菜のひげ取りと、あといろいろ」

まだ十歳にも満たない捨て吉は、以前の貧しい生活の影響もあり、身体《からだ》が小さい。本人は八つか九つと言っているが、見た目はそれよりも二つ、三つ幼く見える。力仕事などはまだできないが、自分から声を掛けては一生懸命働いている。城の者たちにも可愛がられていた。

「今度、馬の世話を教えてもらえるんだ、です」

「そうか。捨て吉は馬が好きか」

明るい声で報告する捨て吉に尋ねると、捨て吉は元気よく「うん」と頷いた。

「ご領主さまや、空良さまが馬に乗っている姿がすごく恰好《かっこう》がいい。馬もピカピカで綺麗《きれい》だ。おれもあんなふうにしてやりたい」

捨て吉の今一番の興味は城にいる馬にあるらしい。その前は船だった。海を初めて見たときには、目をまん丸にしたまましばらく動かなかった。その頃はしきりと漁師になって海に出てみたいと言っていた。また、親が農民だったから、畑も耕したいと語っていた。

様々なことに興味を持ち、目を輝かせる様が微笑《ほほえ》ましくも頼もしい。先は長いのだ。やりたいことをやり、なりたい者になればいい。空良も高虎も、助力は惜しまないつもりだ。

将来に向けてたくさんの夢を持てる余裕を、捨て吉はこの一年で得たのだと思うと、達成感に似た感情が湧き上がった。

明日の命の心配がなくなり、ずっと先の未来を考えられるようになった。それがどれだけ幸せなことであるかを、空良は知っている。

そんな幸せを空良に与えてくれたのは、この地の領主であり、空良の唯一の伴侶である三《み》雲《くも》高虎だ。

その幸せを、城の者たちや、領民のみんなに与えようと、高虎は日々奮闘している。もちろん空良もそれを手伝い、魁傑《かいけつ》たち家臣も同じ思いで働いている。

「ご領主さまは、まだお仕事ですか?」

いつも一緒にいる高虎がいないことを認めた捨て吉が、辺りを見回しながら聞いた。

「そう。わたしだけ少し先に出てきたところだ」

朝の評定には、空良も出ていたのだ。

この城では、朝のごく早い時刻から人が集まり、評定が行われる。城主である高虎は忙しく、また、謁見を願う者も多くいるので、その時刻から始めないと仕事がどんどん遅くなってしまうからだ。

話し合わなければならない事柄は無限にあり、時間には限りがある。港の増設や新しく入ってきた領民の保護に関する事案や調整、他国との交易の問題点の解決策。灌漑《かんがい》事業に砂防林の今後の方針など、次から次へと議題が上がってくる。

そして今力を入れている議題の一つに、魚介類の加工に関する事業があった。

航路は着々と広がり、交易する国の数も増えたが、拠点である我が日向埼が売り物にできる品がない。土地は豊かで、領民たちが口にする食料は豊富だが、特産品というものがないのだ。

日向埼には海があり、漁業が盛んだ。海で獲れた魚介類を加工し、少しでも日持ちのするものを作れないかと、皆で知恵を絞っている。他国から技術の情報を取り寄せたり、漁師たちにも相談したりしながら、いろいろと試行錯誤しているところだ。

この事業には魁傑が特に熱心に取り組んでいた。海の幸を高虎の故郷である隼瀬浦《はやせうら》にどうにかして届けたいと思っているのだろう。

美味《うま》いものを寄越せ、早く送れと、隼瀬浦から頻繁に催促の便りが飛んでくる。梟《ふくろう》のふくが文字通り飛んできては、文を届けてくれるのだ。先日もふくの足に取り付けられた短い文を受け取った魁傑が、「また無茶を言いなさる……」と、渋い顔を作っていた。

そんな無茶を実現させるためには、食料の加工と共に、河川を利用した交易も発展させせなくてはならない。一つ議題が上がれば、それに付随した様々な事案が噴出し、ますます忙しくなっていくという塩梅《あんばい》だ。

今朝も空良たちは、それらの議題の一つ一つを吟味し、問題点を挙げ、解決方法を話し合ってきた。そうして昼が過ぎ、少しの休憩を挟んだあと、空良だけ一足先に解放されて、この中庭にやってきた。領地の施行に関する評定が一段落し、次の議題は城主が謁見を許す相手の選出と、日時の調整に移ったからだった。

「あと半刻もしたら、一旦出てくると思うよ。夕方前には謁見の時間が取られているから」

様々な座の頭領や他国領主の代理人など、謁見の申し出は毎日引きも切らない。こちら側も代理で済むことは多々あるが、やはり城主に直接お目もじしたいと希望する者も多い。謁見の申し出を受ければ、ただ会えばいいというわけにもいかず、相手の情報を集めたり、質疑応答の準備をしたりしなければならない。そして謁見が終われば報告を纏《まと》め、更には吟味しなければならない。

それらの仕事すべてを高虎がするわけではないが、最後の決定権を持つのは城主なので、一番忙しい思いをするのは仕方がない。

領地の発展は喜ばしいことだが、それにしても忙《せわ》しないと、冷めかけたお茶を含みながら、空良は小さく溜息《ためいき》を吐くのだった。

それからしばらくのあいだは、捨て吉を相手に他愛ないお喋《しゃべ》りを楽しんでいたが、仕事に戻るというので見送った。

陽射しはますます暖かく、眠気を誘われる。捨て吉との細やかな交流は、空良にとってい
い気晴らしとなったようで、いつになくのんびりとした気分に浸れている。気づかないうち

に、少し疲れていたようだ。

「まだ終わらないか」

ここ最近、謁見の申し出が増えてきた。日向埼の発展の噂《うわさ》が広がり始めているのだろう。全員の申し出を受け容《い》れることはできず、誰と会えばいいのか選出するのにまた時間を使う羽目になる。

評定が長引けば、謁見の時刻まで間がなくなってしまう。僅《わず》かな合間でも小腹を満たせるようなものを用意したほうがいいか、まさか茶を一服する時間も取れなかったら可哀想《かわいそう》だと、いろいろと気を揉《も》んでいると、奥からざわざわとした気配が近づいてきた。

ようやく一段落したかと、空良は立ち上がり、こちらに歩いてくる一行を迎える。

「ご苦労様でございます」

労《ねぎら》いの言葉を掛ける空良のすぐ近くまで高虎がやってきた。

「ああ。そなたも休めたか?」

穏やかな声が降ってきて、「はい」と答えながら顔を上げる。顔色は特に悪くもなく、疲れた様子も見えない。強靭《きょうじん》な身体を持つ夫なので、体調を崩すこともないだろうが、評定続きでは気疲れもするだろう。

些細《ささい》な変化も見逃すまいと、随分上にある顔を見上げた。口元は綻《ほころ》んでいるが、ほんの僅か眉尻《まゆじり》が下がっている。体調がどうというよりは、困惑しているような風情に見える。

「何かありましたか？」

空良が評定の間を出るときには、高虎の表情にこのような様子は見られなかった。議題も難問続きではあるが、解決にむけて活発な論議が交わされていて、むしろ機嫌のよさげな顔をしていた。それならば、空良のいないあいだに、何かが起きたのだろうか。

「問題のある人物から謁見の申し出でもありましたか？　難問を持ち込まれたとか」

空良の問いに、「相変わらず目敏《めざと》いのう」と、高虎が頬を緩める。

「問題は特にない……ともいえないが、ううむ」

顎《あご》に手を当てながら、高虎が曖昧《あいまい》な声を出す。即決即断の夫にしては珍しい。

高虎に付いて一緒にこの場にやってきた人たちは、特に変わりないように見える。もっとも、沢村《さわむら》も桂木《かつらぎ》も、普段からあまり表情を動かすことのない人たちなので、心の内は分からない。魁傑だけが、ほんの少し怒りの気配を漂わせているような気がする。

「どなた……と、お聞きしてもよろしゅうございますか？」

城主の謁見の采配《さいはい》に、空良は関わっていない。吟味するのは魁傑や沢村などの家臣たちで、決めるのは高虎本人だ。相手の名を聞いても、空良にはどうこうする権利がない。

「ああ。そなたにこそ教えねばならぬ人物のようだからな。会う会わないの決断は、空良に任せるしかないのだ。しかし……」

「わたしですか？」

高虎の答えに空良は首を傾《かし》げる。

城主を差し置いて、自分を訪ねてくる人物など、誰も思い浮かばない。領民からの陳情だろうかと一瞬考えたが、これといって思い当たることもなかった。頻繁に城下に赴く空良なので、わざわざ城に上がるまでもないと思うのだ。ましてや他領の者が空良に何かを申し出たとして、高虎抜きで何ができるというのか。

「ここからだいぶ下った先の内陸に、五条《ごじょう》という国がある。そこで商いをしている者だというが」

解せないという顔を作る空良に、高虎が説明を始める。声に遠慮が混じっているようなのが不思議だ。

「商人ですか」

「夫婦でやってきたらしい」

「そうですか。そのご夫婦が、わたしに会いたいと?」

五条という国の名に馴染《なじ》みはない。商人の夫婦がなにゆえ空良に会いたいというのか。

「ああ。厳密に言うと、女房のほうだな。名を梅乃《うめの》という」

「はあ」

その名にも心当たりはない。

「そなたの姉だそうだ」

高虎の言葉が一瞬理解できなくて、空良は呆《ほう》けた顔をした。姉と言われても、すぐには何も思いつかなかったのだ。

「わたしの姉……梅乃」

「以前は梅乃姫と呼ばれていた、伊久琵《いくび》の姫で、そなたの双子の姉だと言っている」

温暖な気候の伊久琵という小国で空良は十六まで育った。双子の弟として生まれ、難産となった母親は、それからしばらくして儚《はかな》くなったという。

不吉な双子の片割れ、母親の命を削《けず》って生まれた忌《い》み子として、空良は放置されたまま育ち、物心ついたときには馬小屋で生活をしていた。

梅乃姫のことは知っていたが、遠くから数回見た記憶があるだけだ。声を掛けられたこともない。だから名を聞いてもまったく思い浮かばなかった。

領主の嫡男となる兄もいたようだが、空良はその姿を見たこともなかった。何処《どこ》かで目にしたことがあったとしても、それが兄だと知らなかっただけかもしれないが。それほど伊久琵の領主一家は、空良にとって遠い存在だった。

隼瀬浦の領主が高虎の伴侶として求めたのが梅乃姫だった。伊久琵の守護国である大領地の仲介を経ての申し出に、新興の小領地の、しかも嫡男でもない男に娘を嫁がせることを厭《いと》った父親は、代わりに空良を送りこんだ。

末子と請われたからその通りにしたなどという浅はかな言い訳が通るはずもなく、空良たちの父は断罪され、領地を追われた。

空良を送りこんだあと、父は梅乃姫の縁談を急いで纏めたようだ。中領地の嫡男のもとに嫁入りするはずだった美貌《びぼう》の姫は、父の失脚により破談となり、その後たらい回しされた挙げ句に、商家の後添えとして嫁いだらしい。嫡男だった兄も伊久琵を離れ、仏門に入ったと聞いている。

これらの話は、高虎が空良の憂《うれ》いを晴らすために調べてくれ、教えてくれた事柄だ。

「どうする？　会ってみたいか？　そなたが嫌なら申し出は断るが」

労《いたわ》るような優しい声に、空良はハッとして顔を上げた。どうやら随分長いあいだ呆けていたようだ。

「あ……。なんというか、よく……分からなくて」

会いたくないと拒絶するほどの強い思いもない代わりに、会いたいと思う気持ちも湧《わ》いてこない。とにかく印象がないのだ。

空良にとって姉は、姉という記号でしかない。たぶん向こうも空良を弟として見たことはないと思う。情けのないことだが、今日まで思い出すことすらなかった人だ。

「向こうは、会いたいのでしょうか。……わたしに」

「ああ、だからはるばるやってきて、謁見の申し出をしたのだろう」

「なぜ……？」

空良のせいで父が失脚し、自分も婚姻を破談させられたと、恨《うら》み言を言うためにやってきたのだろうか。

「新しい商いの機会を得ようと、やってきたのではないですかな」

側に控えていた沢村が声を上げた。

「日向埼の発展は目覚ましいですからな。是非《ぜひ》とも誼《よしみ》を結びたいのでしょう」

「そうでしょうなあ。知り合いの知り合いだとか、どこそこで声を掛けてもらったなど、強引に縁を結ぼうとやってくる輩《やから》が大勢おりますゆえ、ご血縁があるならば、大層な強みとなりましょう」

桂木も納得したような顔をして、沢村の意見に賛同している。

「向こうにしてみれば絶対に逃したくないご縁でしょうからな」

姉弟という絆《きずな》がなければ、一介の商人夫婦が城主に謁見する機会など持てるはずもないと、沢村たちが言う。

「あまりに無理難題を押しつけるようならば問題ですが、まあ、多少の口利きぐらいであれば、よろしいのではないですか。気軽にお目にかかってみては」

沢村も桂木も、空良たちが日向埼にやってきてから就いた家臣だ。空良の父親の凋落《ちょうらく》や、故郷で空良が苦労をしたことは聞いていても、具体的なことは知らないだろう。空良も高虎も、ことさら語りたい話題ではないからだ。

高虎は誰憚《だれはばか》ることなく空良を寵愛《ちょうあい》し、大っぴらに可愛がる。男嫁として、高虎自ら望んだことだと、周りは解釈している。そうなるまでの詳細な経緯を知る者は、城では多くない。それらを知る者は、皆隼瀬浦にいるからだ。空良という名を高虎が与えたことは知っていても、それとて傾慕の一部と思っているようだ。

姉の身代わりとなり死を覚悟して嫁いできたことも、伊久琵で空良がどんな生活をしていたかも、名すらなかったことも、知らないのだ。

だからこそ、姉が訪ねてきたことに対し、寛容な態度を示す。高虎や空良、魁傑とは気持ちの寒暖差が出てしまう。

「空良」

未《いま》だに困惑の中にいる空良の肩を、高虎が抱き寄せた。夫の温《ぬく》もりが伝わり、身体の力がフッと抜けた。それまで自分が強張《こわば》っていたことをそれで知った。

「今すぐ答えを出さずともよい。ゆっくり考えよう」

低く穏やかな声に子どものようにこくりと頷《うなず》く。

会って、空良を訪ねてきた意図を知りたいような、会うのが怖いような、どっちつかずの心持ちだ。

高虎と一緒に過ごすようになり、空良は自分が好奇心の強い性質だと自覚した。そして割と向こう見ずなところもあることを知っている。

姉という人が、何を思って空良を訪ねてきたのか。空良に対し、どのような感情を持っているのか。そして自分が、姉に対してどう心が動くのか。

普段であれば、知らずにいることより知りたいと思う気持ちが強く働く空良だったが、今は恐怖のほうが勝っている。

「はい。ゆっくり考えてみます。旦那さま……？」

「なんだ？」

「一緒に考えてくださいますか。一人では荷が重いのです」

けれど、空良の持つ恐怖や不安を受け止め、包んでくれる存在がいる。

「ああ、もちろんだ。そなたが辛《つら》い思いをするようなことには、絶対にさせない」

それがあるだけで、とても心強く感じる空良だった。

梅乃夫婦から謁見の申し出があった十日後、空良は高虎と共に謁見の間にいた。

あのあと夫婦でじっくりと語り合い、本日姉と顔を合わせることを決意したのだ。

恐怖と不安は未だにある。けれどやはり会ってみなくては何も始まらないという気持ちが勝った。会わずに追い返せば、ずっとそのことを考えてしまうと思ったのだ。

もし恨み言を吐かれても、それは仕方のないことだと思う。自分が望んだことではないにしても、空良がきっかけとなり、梅乃の人生を大きく変えてしまったのだから。

この十日間のあいだ、高虎は菊七《きくしち》を中心に数人の間者を使い、梅乃の情報をできうる限り集めてくれた。

その情報によれば、梅乃の婚姻は二度目だということが分かった。後添えとして嫁いだ商家は割合と大きな呉服屋で、たらい回しにされた挙げ句といっても、裕福な生活をさせてもらったらしい。しかし嫁いで二年目に夫が亡くなってしまった。

息子が跡を継ぎ、梅乃は十代の若さで後家という立場になり、そこから冷遇が始まったという。凋落したとはいえ、もともとは一国の姫君だ。下の者に傅《かしず》かれる生活しか知らず、嫁いでからも親子ほど年の離れた夫に可愛がられていた梅乃だ。夫亡きあと、その扱いに困ったというのもあるのだろう。

息子も息子の嫁も梅乃よりも年上で、特に嫁とは相性が悪かった。段々と蔑《ないがし》ろにされ、最後にはかなり酷《ひど》い扱いを受けていたそうだ。店をあげての後家いびりは、近所でも評判が立つほどだったという。

そんな梅乃の境遇に同情し、助け出す形で迎え入れたのが、今の夫、兵吉郎《へいきちろう》だった。小さな小間物屋を営んでおり、呉服屋に出入りしていたときに梅乃と出会った。

兵吉郎から梅乃を迎え入れたいと申し出て、梅乃を持て余していた婚家は快く承諾した。

二人の婚姻は滞りなく成されたが、兵吉郎は店を移さなければならなくなった。その頃にはご近所の噂もかなり広がっていて、同じ界隈《かいわい》で商いを続けるのには、互いに体裁が悪いというのが理由だった。

今は越した先で苦労をしながら商売を続けているそうだ。

空良は菊七たちの報告を聞き、梅乃のこれまでの苦労を思い、すっかり気落ちしてしまった。会うと決めたものの、恐ろしさも募った。

一国の領主の姫としての生活からの転落は、相当過酷なものだったと思う。本来ならば経験しなくてもよい苦労だ。そのきっかけを作ってしまったことに、空良は慚愧《ざんき》の思いに苛《さいな》まれた。

目通りの声が響き、広間の向こうから人の気配が近づいてくる。

部屋の奥には高虎が、そのすぐ隣に空良が座っていた。両側には魁傑や沢村など、数名の家臣が並んでいる。

やがて向こう側から二人の男女がやってきた。顔を伏したまま部屋中央より少し下がった場所で膝《ひざ》をつき、ゆっくりと平伏した。

男は銀鼠《ぎんねず》の羽織を着ており、女人のほうは薄桃色の地に赤色の小花を散らした小袖姿だ。夫は緊張のためか、身体を硬くしながら床に額《ひたい》をつけている。その隣にいる女人の姿はどことなく優雅な風情を漂わせていた。平民の恰好をしているが、生まれついての気品が溢《あふ》れている。

「面を上げよ」

高虎の声に、夫はぎこちなく、妻はゆったりとした動作で顔を上げた。

周りから「……ほう」という溜息が漏れる。空良も息を呑《の》んだ。

そっくりだった。

男と女の骨格の違いはあれど、空良と梅乃の顔貌《かおかたち》は瓜二《うりふた》つで、明らかに血縁であることが窺《うかが》われる。

ああ、この人は姉なのだと、その顔を見て理解した。

理解はしたけれど、だからといって湧き上がるような思いもない。

小さな顔に、比率としては大きめの眼。鼻筋は控えめながら綺麗な形を作っている。口は小さめで、空良のほうが大きいと思った。たっぷりとした黒髪は艶《つや》よく、肌の白さを際立たせている。

梅乃も空良の顔を見つめていた。不思議そうに僅かに首を傾げ、口の端を引いた。ほんのりと笑みとも呼べない変化だが、ふわりとした優美さがその顔に表れた。

綺麗な人だと思った。だからといって、同じ作りである自分の顔を綺麗だとは思わなかった。鏡写しのように似ているが、鏡に映る自身を綺麗だと思ったことはない。

しばらくのあいだお互いに見つめ合う。

やはり、湧き上がるものは生まれない。

自分に似ているけれど綺麗な人だなあという感想だけだ。

空良を見つめていた梅乃の視線が横にいる高虎に移る。一瞬、ほんの僅か目を細め、そのまま視線を膝に落とした。どのような感情が動いたのか、空良には分からない。睫《まつげ》が長いと思った。

「名はなんと申す」

高虎に問われ、兵吉郎がつっかえながら自分と梅乃の名を告げた。

「此度《こたび》はどのような用件で謁見を申し出たのだ」

「は、はい。手前どもは五條という地方で商いを営んでおります。この度、こちらの土地の評判を聞きまして、新しい商売の種を探しに行ってみようかということになりました。手前の女房の梅乃が、ご城主様のご伴侶様の姉だということを聞き、ご挨拶《あいさつ》に伺った次第です」

緊張で多少たどたどしい口調ではあるが、兵吉郎はしっかりとした声音で訪問の意図を告げた。背筋を伸ばして答える姿は誠実な印象を与えている。空良たちよりも十ぐらい上だろうか。「女房」と口にするときに、梅乃に向けた瞳が優しげに細められ、梅乃に対する愛情が感じられた。お似合いの夫婦に見えた。

前の婚家では酷い目に遭《あ》ったと知らされていたので、優しい旦那さんに見初められて、よ

かったとホッとする。

家族だという認識は薄くても、幸せであることが分かれば素直に嬉《うれ》しく思う。姉も、父も、兄という人も、皆が思いもよらない不幸に見舞われた。空良一人が幸せであることに、罪悪感があるのだ。

父とは交流を持っている。ほんの少しだけ、歩み寄っているという実感があった。不便はないか、体調はどうかと、時々思いを馳《は》せる程度には親しみを抱《いだ》いている。酷いことを言われたこともあったが、流せる程度のことだ。

兄という人のことはよく分からない。会いたいかと問われても、特にと答えるしかない。なにしろ一度も会ったことがないのだから。

梅乃に対しても、兄と同じような感覚だった。けれど顔を見てしまえば、まったく不干渉でいることはできないような気がした。

「うむ。梅乃といったか。そちが空良の姉というのは間違いなさそうだ。よく似ている」

高虎の言葉に、梅乃はおっとりとした仕草で頭を下げた。そうしながら小さく「そら」と唇が動くのが見えた。

梅乃は空良の名を今初めて知ったのだろう。

伊久琵にいた頃、空良は名を呼ばれたことがない。「おい」や「そこのお前」と呼ばれるだけで、物や人に名という記号があることも知らなかった。父にも、もちろん梅乃にも呼ばれたことはない。あの頃の空良には、名などなかったのだから。

「空良、どうだ？　そなたの姉に会った気分は」

「似ているなあ……と」

咄嗟《とっさ》に答えた言葉に、高虎が「そうか」と笑った。

「確かに似ている」

呵々《かか》と笑い、それから高虎が再び夫婦に目をやった。

「訪問の旨は了承した。ご苦労であった」

挨拶が済んだなら目的は果たしただろうと、高虎が退席を促すと、梅乃が僅かに目を見開き、何かを言いたげに唇を震わせた。

その様子を見て、まだ何か伝えたいことがあるのだろうかと、空良は梅乃の心情を計る。

謁見が終われば、兵吉郎と梅乃の夫婦は、二度と城に上がる機会を得られない。忙しい立場の高虎だ。身内といえど、そう何度も時間を割くのは難しい。

沢村が言っていたように、口利きなどの待遇を期待していたのだろうか。商売のことはよく分からないが、多少の骨を折るぐらいは構わない。まだ身内という感覚には至っていないが、自分を頼ってきてくれたというのなら、応《こた》えてあげたい気持ちはある。

どうするのかと見つめている空良に梅乃が顔を向けた。やはり何か言いたげな目をしていて、けれど声を発することなく俯《うつむ》いてしまう。儚げなその風情に、心がざわついた。

「あの、もう少し、梅乃さん……姉と、お話ししてみたいのですが」

咄嗟に言葉が出た。梅乃の様子に、助けを求められたような気がしたのだ。

「せっかく遠いところからいらしてくれたのですから、もう少し話してみたいです」

空良の願いに、高虎は鷹揚《おうよう》に頷いてくれた。


梅乃たちを通したのは、謁見を許された者の従者たちが控える小部屋だった。

本当は、気兼ねなく話せるように、いつも空良が休憩に使う中庭に連れていきたかったのだが、高虎に却下された。そこは奥向きの場所だからという理由だ。

小さな部屋の中央に、姉弟で向かい合った。兵吉郎は部屋の隅で小さくなって座っている。夫婦で並ぶように促したのだが、遠慮されたのだ。

茶を運ばせ、お互いに口にしながら、気まずい空気が流れていた。咄嗟にもっと話したいと引き留めたものの、いざ向かい合えば、何を話せばいいのか分からない。

「作法は問いません。思うままに話していただいてかまいませんよ」

上位の者からの声掛けがなければ話せないという決まりを今は取り払い、自由に話していいことを、部屋に入ってすぐに説明したのだが、梅乃は何も話さない。ただ黙って目の前に座り、茶を飲んでいるだけだ。部屋の隅にいる兵吉郎が空気の重みに耐えている姿が気の毒に思えた。

ゆったりと茶を嗜《たしな》む梅乃は、やはり優雅だ。整った顔貌はもとより、仕草がとても美しい。本当に生まれながらの姫君なのだなと感心しきりだ。

「何か、願いごとでもあるのでしょうか。お話を聞きますよ？」

沈黙が辛くなり、空良のほうから口を開いた。そうして水を向けたあと、ひたすら返事を待つが、沈黙が続いた。

言いたいことがありそうだと思ったのは、勘違いだったのだろうか。

「……特に、願いなどないのです」

長い静けさのあと、梅乃がようやくそう言った。空良よりも高い声は凛《りん》と耳に響くような、それでいて落ち着いた声だ。

「ただ、わたくしも、もうしばらくお話ししてみたいと、そう思っただけなのです」

そう言って、はにかむように梅乃が微笑んだ。

花が綻ぶような笑みとは、こういうものかと、空良は自分に似た顔貌を持つ人の、美しい笑顔に心を摑まれた。

「弟がいることは知っていました。ただそうなのかと思うだけで、あまり実感はなかったのです」

心地好《よ》い声が空良の耳に流れてくる。それを聞きながら、梅乃も自分と同じように、弟という記号だけしか心に留めていなかったのだと理解した。そのことに親近感を持ってしまうのが不思議だ。

「わたしもそうでした。同じときに生まれた姉がいるのは知っていましたが、実感はありませんでした。時々お見かけする姫さまと、姉というものが繋《つな》がっていませんでした。同じですね」

空良の言葉に、梅乃が僅かに目を見開き、「まあ」と小さく笑った。

「……実は今でもそうなのですよ。身内として謁見を申し出ながら、なにか遠い他人事《ひとごと》のようで」

「分かります。顔が似ていて、きっと肉親なんだろうなとは思うのですが、どうにも腑《ふ》に落ちない感覚です」

一緒ですねと空良が笑うと、梅乃も本当に、と笑顔を返す。この瞬間、空良の中に変化が起こった。

ああ、姉なのだと、腑に落ちた。

運命は数奇な捻《ねじ》れを見せ、そして今交わったのだと、そう思った。

「遠い国で凄《すさ》まじいほどの発展を続けている話を聞き、その領主の名に聞き覚えがあり、夫に話したのです。そうしていろいろと調べてくれて、あなたの存在を知りました」

空良が兵吉郎に目をやると、彼は恐縮したように頭を下げた。

「驚きました。わたくしの縁談の相手で、わたくしの代わりに嫁いだ弟が、そのまま伴侶に収まっていると。なんという御伽草子《おとぎぞうし》かと」

「そうですねえ……」

「そうして、会いに行ってみようかと、夫に誘われて、こうしてまみえたのです」

謁見を申し出たものの、本当に受け容れられると思わなかった。姉だと明かしたところで信じてもらえるとも思わず、もし信じたとしても、尚更《なおさら》断られると思ったと、梅乃は静かな口調で語った。

「伊久琵では少しも交流を持たなかったでしょう。今更なんの用だと追い返されると思っていました」

「そんな。訪ねてきてくれて、嬉しかったですよ」

「それならば、よかったです。訪ねた甲斐《かい》がありました」

梅乃がにっこりと笑う。「わたくしも会えて嬉しい」と言って。

お互いに忌憚《きたん》のない会話を交わしたことで、場が解《ほぐ》れた。そこからは先ほどの気まずい沈黙が嘘《うそ》のように会話が弾んだ。

空良は男嫁としての嫁入りの話をし、そのときのことを幾分滑稽《こっけい》な騒動として梅乃に語った。梅乃は空良の話を笑顔で聞き入り、時々は驚いて目を見開き、楚々《そそ》としながらも、楽しげな表情を作った。

梅乃の話も聞きたいと促すが、梅乃はそれほど劇的なことはなかったと、話題を閉じる。以前の婚家の話は、今の夫を気遣ってのこともあるだろうが、本人にとってあまり思い出したくないことのようだった。

「……本当は、夫の商売の助けになりはしないかという、薄汚い目論見《もくろみ》もあったのです」

梅乃は消え入りそうな声で、小さく告白してくれた。

「双子の弟を、家族と認識せずに、のうのうと暮らしていたくせに、出世したと聞き及べばその縁に縋《すが》り、こうして参上する。……さぞや浅ましい女だと思うでしょうね」

膝に置いた手がきつく握られ、梅乃が恥じ入った。部屋の隅に佇《たたず》んでいた兵吉郎が「手前が無理に頼んだのです」と、大きな声を上げ、慌てて「すみません」と謝る。

かばい合う夫婦の姿に、空良の心はじんわりと温かくなった。

「わたくしは物知らずで、夫の商売についても、なんの役にも立ちません。けれども、ほんの僅かでも、わたくしがいることでお役に立つことができたらと、こうして恥を忍んでやってきたのです」

だから、高虎が挨拶のみを受け容れ、早々に謁見を終了させようとしたときに、梅乃は慌ててしまったのだと言った。

「気の利いたことを何も言えず。狼狽《うろた》えるばかりでした。本当に恥ずかしい」

着物の裾を握る指先は、ほんの少し荒れている。仕立ての良い着物は、今日の謁見のために一番良い物をあつらえてきたのだろうことが窺えた。だが、伊久琵での生活と比べれば、遥《はる》かに劣る代物《しろもの》だった。

生まれながらの姫君が、夫のため、生活のために恥を忍んで弟を頼ってきたのだ。その心情を思うと、いたたまれないような気持ちになった。

頼ってきてくれたのだ。

血の繋がりはあれど縁の薄い関係を手繰《たぐ》り寄せ、こうして会いにきてくれた。嫋《たお》やかな笑みを浮かべたまま、梅乃が空良を見つめている。

これが肉親の情というものなのかと、その笑顔を眺めながら、空良は湧き上がってくる感情を噛《か》みしめていた。

膝の上で握られた姉の手を、空良はそっと手繰り寄せ、自分の手の中に包んだ。

「何か力になれることがあれば言ってください。わたしも……姉上のお役に立ちたい」

空良の言葉に、梅乃が今までになく大きく表情を変えた。

「姉上とお呼びしてもいいでしょうか」

空良の懇願に、梅乃はゆったりと笑顔を作り、「もちろんです」と言ってくれた。

握った手は小さくて、とても温かかった。

姉弟としての邂逅《かいこう》を果たしてから、五日が経った。

梅乃とその夫は現在、日向埼の城に逗留《とうりゅう》している。客間を与え、側仕えも付けた。遠慮する二人を強引に空良が引き留めたのだ。縁遠かった肉親との交流の機会を逃したくなかった。

兵吉郎は妻を伴い、毎日城から城下に赴いている。小間物屋を営む兵吉郎は、日向埼で珍しい物、良質な品を仕入れ、五條で売ろうという目的を持っている。発展目覚ましい日向埼の様子に、兵吉郎はとても驚いていた。商売の種類は多岐《たき》に亘《わた》り、目にする品物の数も多い。

空良はそんな兵吉郎に書状を渡した。この夫婦は自分の身内であり、どうぞよしなにという紹介状だ。その効果は絶大だったようで、相手方は是非に縁を結びたいと目の色を変えてきたと、当惑顔で報告された。

「あまりにも紹介状の効果が高く、迂闊《うかつ》に出せるものではなくなりました。まだ様子見の段階なのに、向こうさんからなんとしても逃すまいという気概が見え、少々困りました」

五日目の夕餉《ゆうげ》の席で、兵吉郎が町での商売の様子を報告してくれた。

「わたしの名では強力過ぎたのですね。失敗しました」

「いえいえ。とんでもなく助かっております。空良様の口添えがなければ、手前のような小さな商いでは、店主と話をすることもできませんから」

城に留まることに戸惑い、恐縮しきりだった兵吉郎も、空良と毎日顔を合わせるうちに、だいぶ打ち解けてくれるようになった。

親しく話してみると、兵吉郎はとても誠実な人物だった。だからこそ、梅乃の境遇を不憫《ふびん》に思い、商いの場所を変えることになっても、助け出そうとしてくれたのだ。

側に佇む妻の梅乃も、そんな夫に黙って寄り添っている。

「それなら今度、城下の三人衆に頼んでみましょうか。日向埼での顔利きの者ですので、きっとわたしよりも頼りになると思いますよ」

孫次《まごじ》や五郎左《ごろうざ》たちの顔を思い浮かべながら、明日にでも城下に行こうと思っている空良に、兵吉郎は慌てて「いえいえ、それには及びません」と首を振った。

「空良様の口添えを頂けただけで、充分でございます。手前が使い所を見極めればいい話なので。ですが、お心遣いに感謝いたします」

兵吉郎がそう言って、持っていた椀を膳に戻し、丁寧に頭を下げた。

夕餉の席は空良と梅乃夫婦での三人だ。高虎はまだ仕事が終わっておらず、ここにはいない。といっても、たぶん仕事を理由に一緒の席に着くことを遠慮しているのだ。城主の高虎がこの場にいれば、兵吉郎もたぶんこんなふうには話せない。

そんな夫の気遣いに感謝しつつ、空良は足繁《あししげ》く姉の部屋にお邪魔している。梅乃の口数は少ないが、城下での商売のことを聞いたり、夫婦が仲良くしている様子を見るのは、空良にとって、心弾む時間だった。

「姉上、今日の御膳はどうですか？　このお魚は初物だそうです。昼過ぎに港の者が届けてくれたのですよ」

空良が話し掛けると、箸《はし》を上品に動かしていた梅乃が微笑み、ゆっくりと頷いた。

「ええ。とても美味《おい》しゅうございます。五條は内陸なので、海の物を味わうことは滅多《めった》にありません。川魚とは風味が違いますね」

「そうでしょう。わたしもここに来て、初めて口にしたときは驚いたものです。野菜も米も、土が豊かなので、美味しいですし」

港からも農村からも、毎日のように食材が届く。また、各国からも珍しい菓子の献上品などがあり、食卓は賑《にぎ》やかだ
「このような美味しい食事を毎日頂けるのですね。羨《うらや》ましいです」

「存分に味わってください。お好きな物があれば届けさせますし」

「いいえ。充分ですよ。それに、あまり贅沢《ぜいたく》を覚えてしまうのも難儀ですもの」

梅乃はそこまで言って、ハッとしたように兵吉郎の顔を見て、小さく「申し訳ありません」と謝った。ほんのりと耳が赤くなっている。

「余計なことを言ってしまいました。わたくしは別に……」

「いいのだよ」

言い訳を募ろうとした梅乃を、兵吉郎が優しい顔で制した。

「私に甲斐性がないのは確かだ。お前に贅沢をさせてやれないのが心苦しい」

「いいえ。そんな願いは持っておりません。わたくしをあの家から救い出していただいただけで、幸せなのですから」

そう言って、二人がほんの少し気まずげに、それでもお互いを思いやるように見つめ合う。

「この地でたくさんの伝手《つて》が得られれば、商売が上向きになるだろう。頑張るよ」

兵吉郎の言葉に、梅乃は「はい」としおらしく返事をした。

「ですが、わたくしは今のままでも充分に幸せなのですよ。贅沢な食事よりも、綺麗なお着物よりも、ただただ平穏な暮らしがありがたいのですから」

梅乃の言葉には切実さが籠《こ》もっており、それだけに以前の暮らしがどれほど平穏からほど遠かったかということが窺えた。

空良も今の暮らしはこの上なく幸福だ。けれどそれを贅沢だと思ったこともなかった。羨ましいと言われて初めて、自覚もせずにいたことに、恥ずかしい気持ちに陥った。

空良よりもよほど気品に溢れ、贅沢な暮らしを確約されていた姉が、小さな商店の女房として慎《つつ》ましい生活を強《し》いられている。

この五日間、何度も顔を合わせ、いろいろな話を聞くうちに、五條での商売があまり上手《うま》くいっていないのだということが窺い知れた。もともとそれほど大商いをしていた店ではなく、その上梅乃との婚姻で商売の拠点を移したのも影響したのだろう。

そのことに梅乃は責任を感じ、手伝いたいと申し出ても、夫は何もしなくてもいいと言ってくれる。それでもなんでもと強く言えるほど、知恵も力もないことが不甲斐ないのだと、今朝空良と二人でいるときに、梅乃がそっと零《こぼ》したのだ。

「姉上も兵吉郎さんも、冷めないうちに召し上がってください」

空良は殊更《ことさら》明るい声を出して、食事の続きを促した。

「海の幸が五條で味わえないのなら、やはり今のうちにたんと召し上がってほしいです。それに魚の加工が上手くいけば、五條に届けることが叶《かな》うかもしれません」

「そうなったら嬉しいですね」

「ええ。今、いろいろと工夫をしているところなのですよ。すぐにとは言えませんが、そのうち美味しい海の幸を送りましょう。なんだか俄然《がぜん》やる気になりました」

空良の声に、梅乃が珍しく「ふふ」と声を立てて笑い、「楽しみにしています」と言った。

海の幸だけではなく、いろいろな物を届けたい。反物《たんもの》や装飾品なども贈ってあげたいが、兵吉郎の矜持《きょうじ》を傷つけてしまうだろうか。梅乃は城に上がってから、ずっと同じ着物を召している。薄桃色の小袖は姉に似合うが、もっと艶《あで》やかな物を身に着ければ、どれほど輝きが増すことだろう。

「この国で仕入れの算段がつけば、何度も行き来が叶うでしょう？　そしたらまた城に寄っていただいて、こうして膳を囲みましょう」

今すぐすべてを揃《そろ》えようとすれば、きっと姉は固辞するだろうし、兵吉郎の面子《メンツ》も潰《つぶ》してしまう。何度も行き来し、より親しくなりながら、二人の助けになるような働きをしたいと思った。

そのうち空良も五條を訪ねてみたい。あちらでの暮らしぶりを直接見れば、もっとできることが増えるだろう。

匂《にお》い立つような美貌を持ちながら、本人は慎ましく、決して自己主張することはない。遠慮深いその佇まいを見ていると、こちらのほうから手を差し伸べたい気持ちになるのだ。

梅乃が勇気を出して自分を訪ねてくれて、本当によかったと心から安堵《あんど》した。

「そういえば姉上、昨日の昼間、台盤所に顔を出したそうですね。下働きの者たちが、吃驚《びっくり》していました」

「ええ、お茶を一服頂きたいと思い、足を運んだのです」

「そうだったのですね。姉上とわたしがあまりに似ているので、ちょっとした騒ぎになったそうですよ」

台盤所の者たちも、梅乃の姿を見て、さぞ驚いたことだろう。その場面を思い浮かべ、空良はひっそりと微笑んだ。

悪戯《いたずら》っぽい空良の声音に、梅乃も微笑み、「あら、それは申し訳ないことをしました」と笑った。

「お茶など所望することがあれば、側仕えにお伝えください。姉上がわざわざ足を運ぶことはないですよ」

「ですが、わたくしは何もできませんから、それくらいは働きたいのです。それに、とても親切にしてもらいましたよ」

梅乃にはそう言ったが、空良自身も気軽にどこにでも顔を出す性分だ。直接顔を合わせることで、今まで見えなかったことに気づくことがあるからだ。目的は違っても、空良と同じような行動をする姉に、親近感が湧いた。共通の気質があることがとても嬉しい。ああ、姉弟なのだなと実感する。

「ええ。ここで働く人たちは、気の好い人ばかりですから」

下働きだけでなく、城の家臣たちにも梅乃の存在は騒がれている。空良の姉という立場もあるだろうが、なにしろこれだけの美貌の上、空良と違って奥ゆかしい。声を掛けたくて、遠巻きに牽制《けんせい》しあっていると、桂木が無表情のまま教えてくれた。

「姉上がそうしたいと言うなら、特に止めはしませんが、無理だけはしないでくださいね」

「ええ」

「希望があれば、なんでもおっしゃってください」

「すでに充分な待遇を受けています。お気遣いありがとうございます」

「お礼なんて言わないでください。肉親なのですから」

ここにいるあいだだけでも、ゆったりと暮らしてほしいと願う。他にどんなことをしてあげられるだろうかと、姉の美しい顔を見つめる。隣にいる兵吉郎も、空良と同じ心持ちなのか、気遣うような顔をして、梅乃を覗《のぞ》き見ている。そういう衝動を起こさせる人なのだなあと、姉の徳の高さに感嘆しながら、空良は肉親との夕餉の続きを楽しむのだった。

梅乃夫婦と楽しく膳を囲んだその日の夜、空良は奥座敷の寝所で、高虎と共に休んでいた。褥《しとね》に横たわった高虎に寄り添い、眠気がくるのを待っている。

高虎の身体からは、仄《ほの》かに酒の匂いが漂っていた。今日の夕餉は家臣たちと酒を酌み交わしながら取ったらしい。

「あちらの様子はどうだ？　憂いなく過ごしているのか」

空良を引き寄せたまま仰向《あおむ》けになっていた高虎が言った。

「ええ。とても楽しいです。旦那さま、空良に姉上との時間をくださって、ありがとうございます」

褥に横になってお互いに向き合いながら、語らいのときを過ごす。

「姉上たち夫婦が気兼ねなく過ごせるようお気遣いくださっているでしょう？」

「なんの。それくらいどうということもない。それに、こちらも忙しいからな。お前を取られた時間を有効に使っている。……少し癪《しゃく》に障るがな」

戯《おど》けるように最後の言葉を付け足して、高虎がこちらを向いた。

「姉と会えてよかったか？」

探るような声音に、「はい」としっかり返答した。

「姉上が訪ねてくれるまで、薄情な話ですが、わたしはあの方のことを思い出すこともありませんでした。訪ねてこられたときも、困惑のほうが先に立ち、会いたいとも会いたくないとも、何も考えられなかったのです」

「ああ、知っている」

姉夫婦の来訪を聞かされ、混乱する空良を、高虎は優しく宥《なだ》め、辛抱強く空良の心情を聞いてくれた。一つ一つ、問答をするように、空良が何を怖がり、何を欲しているのか、空良自身が気づいていない気持ちまで引き出してくれた。

空良の肉親に関しては、高虎も思うところがあるだろうに、自分は何も言わず、ひたすら空良の思いを導き出してくれたのだ。

そうして夫に相談しているうちに、自分が姉と会ってみたいと思っていることに気づかされた。それでも実際に会う決心がついたのは、何があっても高虎が守ってくれるという確信があったからだ。

菊七たちが持ってきてくれた梅乃のこれまでの情報を知り、再び怖《お》じ気《け》づいた空良だったが、そのときも側にぴったりと高虎がついていてくれた。少しでも空良が傷つくようなことがあれば、直《ただ》ちに中断してくれると約束してくれたからこそ、あの場から逃げ出さずに済んだのだ。

そうした葛藤《かっとう》の末、姉と実際に会ってみれば、それまでの恐怖が嘘のように消し去られ、肉親との素晴らしい時間が持てた。

「あのとき逃げ出さずに姉と対面して、本当によかった」

「そうか。それならよかった」

「はい。……肉親というのは、とてもよいものですね」

なんでもしてあげたい、助けになりたいと、損得勘定なく思えてしまうのが、家族の情なのだと、空良はこの年になって学ぶことができたのだ。

もちろん、高虎の存在は別格だ。夫婦の情は家族とはまた違う。どちらも大切で、得がたい宝だ。

「空良、それでな、少し苦言がある」

幸福感に浸っている空良に、高虎が言いにくそうにそう言った。

「はい。承ります。……何か失敗をしてしまったでしょうか」

殊勝にお叱《しか》りを受けようと、覚悟する空良を見つめた高虎の眉尻が僅かに下がる。叱られているのがまるで自分のほうだというような、高虎の顔つきだ。

「疎遠だった姉にまみえ、良い関係が築けたことはよかった。そなたがそのことに浮かれてしまう気持ちもよく分かる」

「浮かれて……？」

高虎の言葉を反芻《はんすう》し、空良は首を傾げた。

梅乃と肉親としての交流を持てたことは嬉しいが、浮かれていたという自覚はなかった。

「旦那さま、わたしは浮かれているのでしょうか」

「ああ、まあ、普段よりだいぶはしゃいでいるのは誰が見ても分かる。それはよいのだ。お前が喜ぶ姿を見るのは、俺も嬉しいのだから」

そう言って、高虎は空良の頭を撫《な》でてくれる。

「珍味を取り寄せたり、御用聞きに自ら声掛けをして食材を集めたり、そういうことはいいのだ。もてなそうというお前の気遣いなのだからな」

「はい」

「紹介状についてもよい気働きだと思う。あれらにとって、これ以上ない後ろ盾《だて》となっただろう」

「ええ。兵吉郎さんもそう言っていました。少々強力過ぎて、使い所に気を遣うとも」

「そうだろうな」

「なので、城下の三人衆に頼もうかと思っています。彼らなら如才なく手助けしてくれると思うのですが。……それはやり過ぎでしょうか」

「ん？　いや、よいのではないか？　まあ、今更三人衆に特に口利きを頼まなくても、あの夫婦のことは城下のほとんどの者たちは承知しているが」

「そうなのですね」

「ああ。それでな、話を戻すが。空良、中庭にそなたの姉を連れていったであろう」

「はい。……あ」

指摘された通り、本日の午前に、空良は梅乃を伴いいつも休憩を取る中庭に連れていった。兵吉郎は出掛ける支度をしており、それが整うあいだに、ほんの少しだけでも二人きりでお喋りがしたくて、空良の気に入りの場所に案内したのだ。

薄暗がりの中、高虎の目が空良の顔をじっと見つめている。

「俺が言ったことを憶《おぼ》えているか？」

「はい。いえ、……今の今まで忘れておりました」

五日前の謁見のあと、もう少し話したいと願い出て、あの中庭に案内しようとした空良に、高虎は話すのはいいが、あの場所を使うのは駄目だと言ったのだ。

空良はそのことをすっかり忘れ、梅乃を連れていってしまった。いつもなら絶対にしない失態だ。高虎に浮かれていると指摘を受けたときには首を傾げたものだが、やはり自分は自覚なしに浮かれていたようだ。

「あの中庭は、特に重要な地点ではないが、場所柄奥向きとなる。城住みの者、または城主が許した者しか渡ることは許さないように申しつけている」

高虎が言ったように、あの中庭は重要な場所ではないのは確かで、だから空良も休憩所として気軽に使っていた。通行証を持っている菊七もしょっちゅう顔を出すし、捨て吉にとっても、愛犬のシロと最後に過ごした思い出深い場所だった。

油断してしまったのだ。気さくに寛《くつろ》げる場所だから、姉と一緒にあそこで過ごしたいという思いだけで、深くも考えずに通してしまった。

「重要ではないといっても、約束事は約束事だ。あそこに通すなと俺は言った。せめて先に許可を取れ。手順を蔑ろにしては駄目だ。特にお前は城主の伴侶なのだから」

静かだが、厳しい声で叱責《しっせき》された。このように叱られたのは初めてかもしれない。

褥から起き出し、空良はその場で正座した。丁寧に頭を下げ、謝罪の意を表す。

「申し訳ございませんでした。旦那さまのおっしゃる通り、空良は少し浮かれ過ぎていたようです」

「謝罪を受け取ろう。なに、分かっておればよいのだ。浮かれる気持ちも充分分かるから。そういうお前も可愛らしいものだ」

先ほどの厳しい声は既《すで》に消え去り、高虎はいつもの穏やかな声に戻っていた。殊勝に正座をしたままの空良を優しい眼差《まなざ》しで眺め、「おいで」と手を差し出してくる。

深く反省をしながらも、なぜか素直に高虎の側に横たわろうという気にならなかった。浮かれている様も可愛らしいという声音には、からかいの色が混じっていて、反発というよりも、不快感が芽生えてしまったのだ。

確かに姉との交流に浮ついてしまい、空良は失態を犯した。けれど浮ついたことを指摘され、からかわれたことに腹が立つ。

仕方がないではないか、と高虎を見下ろしながら思った。

だって、家族との交わりを初めて体験したのだから。

生まれたときから家族などいなかった。それが今になって得ることができた。喜んで、浮かれて、何が悪いのかと思ってしまう。

高虎には自分を敬愛してくれる弟がいて、尊敬すべき父親がいる。亡くなった母親との思い出も持っている。

だから分からないのだ。

空良が今の経験を、どれほど望んでいたのかを。そして唐突にそれが手に入り、歓喜に震えていることを。

「どうした、空良。夜はまだ寒い。身体が冷えるぞ」

正座したまま動かない空良に、何も知らない高虎が再び手を差し出してくる。

「旦那さま。それでは許可を得たら、姉上をあの庭に案内してもよろしゅうございますか?」

空良の言葉に、高虎は腕を伸ばしたまま、虚を衝《つ》かれたような顔をした。

「空良はあの庭が気に入りで、姉上とあそこで語り合いたいのです。許可してくださいませ」

あの庭で姉と過ごしたい。それがとても大事なことのように思え、なんとしても許可を得たいと思う。

「新参や外の者を、あまり奥へ招きたくないのだ」

「ですが、わたしの姉です」

外の者と言われたのが悲しかった。姉なのに。自分の肉親なのに。

「夫の兵吉郎もか？」

「……できれば。ですが、姉だけでもお許しいただけたら嬉しいです。本日も、兵吉郎さんが出掛ける支度をしているほんの僅かな合間を使い、あの庭を利用したのです」

いつになく執拗《しつよう》な空良の懇願に、最後は高虎が折れた。

「まあ、そう長いあいだの逗留でもあるまい。特別に許そう」

高虎は軽く笑い、それから小さな溜息を吐いた。やれやれと呆《あき》れた風情を漂わせたことに、理不尽な怒りが沸いた。

こんな些細なことに怒りを覚える自分が不可解で、けれど感情が抑えられない。

「さあ、本当に冷える。風邪を引くぞ」

少々強引に腕を取られ、褥の中に引き入れられてしまった。自分の胸に空良を抱き入れ、温めるように身体を包んでくる。

先ほどから心配されていたように、けっこう身体が冷えていたようで、高虎の体温が殊更温かく感じた。

「ほら、やっぱり冷えている」

だが、指摘されるとどうしても反発心が湧いてしまい、藻掻《もが》くようにして高虎の腕から抜け、背中を向けて丸まった。

「なんだ。拗《す》ねているのか？」

後ろを向いてしまった空良の耳に唇を寄せ、笑いを含んだ声が聞こえた。

「拗ねてなどいません」

「そうか」

髪を梳《す》かれ、顎を摑《つか》まれた。

「空良」

そのまま振り向かされ、唇を塞《ふさ》がれる。歯列を割って入り込んできた舌が熱い。

「あ……ふ、旦那さま」

顎にあった掌《てのひら》が下りていき、空良の襟元《えりもと》を開いていった。

「今夜は……その」

「嫌か？」

嫌だと思った。けれどはっきり拒絶をする勇気もない。

「もう時刻も遅うございます」

「俺なら平気だ」

「わたしが困るでしょう」

「そうか？」

睡眠が短くても空良が平気な質《たち》だと高虎は知っていて、楽しげな声を出す。

胸元を開かれ、帯を解かれた。大きな身体がのし掛かってくる。

「旦那さま、今日は……」

「駄目だ」

断りの言葉を上げさせず、高虎が強引に先に進もうとしてくるのが気に食わない。

空良の拒絶を単に拗ねていると解釈し、夜の行為で宥めようとするのも気に食わない。

どうしてこんなに腹が立つのか分からない。けれど原因が高虎にあることだけは分かっている。

「旦那さま、嫌です……！　や、あっ」

勇気を以て言葉にしたが、高虎は手を止めてくれない。下穿《したば》きを外され、中心をいきなり摑まれた。強く扱《しご》かれながら、再び口を塞がれる。

「ふ、……っ、ん、や、ぁ、あ、あ」

高虎の手の刺激によって、自分の雄が硬く育っていくのを感じた。他愛ない身体が情けなくて、悔しい。

「空良、嫌か?」

「嫌、です。っ……いやだ！　……いや、や……ぁ、め……っ」

拒絶の言葉を発するのに、下からはグチュグチュといやらしい水音が立ち始める。

先端を指先で抉《えぐ》られ、身体が跳ねた。閉じようとする足を強引に割り開かれ、押さえ込まれる。胸先に熱い舌が当たった。舐《ねぶ》られ、吸われ、その動きに呼応するように身体が浮き上がっていく。

乳首ごと大きく含まれ、肌に歯を立てられた。「ああっ」と大きな声が上がる。次にはチロチロと舌先で撫でられると、意思に反して甘い溜息が漏れてしまった。

「まだ嫌だと言うか?　空良……やめてほしければそう言え」

口内を舐られ、雄芯を激しく扱かれた。

「あっ、あっ、ぁあ、ぁああ……」

執拗な愛撫《あいぶ》に身体が流されていく。

腰が浮き上がり、高虎の手の動きに呼応して前後する。無理やり開かされた足は既に自由を取り戻していたが、自ら大きく開いて高虎の愛撫を受け容れようとしている。

情けない身体だ。拒めばいいのに拒みきれない。快楽の萌芽《ほうが》がどんどん膨らんで、更なる刺激を期待してしまっている。

「旦那さま……ぁ、ふ、ぅ……っ、ん、んっ」

強引に与えられた快感に流されてしまった空良を、高虎が見下ろしていた。

「旦那さま……、ぁあ、……ん、だん、な、さま……」

今嫌だと伝えたら、やめてしまうのだろうか。そうなったら切ないと、必死に夫を誘っていた。

「もう嫌ではないか？」

優しい声で問われ、コクコクと首を動かして意思を伝える。

ツプリ、と後ろの蕾《つぼみ》に高虎の指が突き刺さった。空良の雄芯から溢れ出た蜜を塗り込めながら、太い指が中を解していく。

「膝を抱えてこちらへ差し出せ」

言われた通りに己の両膝に手を置き、引き上げていった。はしたない姿をさらけ出す。

高虎が空良の後孔を解している様を見せつけられた。両膝を抱えたまま、恍惚《こうこつ》となりながら受け容れる。

「は……あ、ぁあ、ん、……ふぅ、ふ……、は、ぁん、ん」

誘いを断り、背中を向けたはずだった。それなのに今は自ら足を開き誘い入れている。夫の言動に怒りを抱き、拗ねた態度を取ったが、何に腹を立てていたのかもう分からない。それらの感情は快楽に塗り替えられ、押し流されてしまった。

朦朧《もうろう》としながら、ただただ快感に身を委《ゆだ》ねる。高い声が喉《のど》から飛び出し、大きな溜息を吐きながら、腰を揺らした。

やがて、硬い切っ先が後孔《こうこう》に添えられ、次の瞬間には容赦のない力で突き立てられた。

「っ、……あぁあああ」

突然の衝撃に大声が上がった。馴染むのを待つ暇もなく、高虎が激しく律動を始めた。

膝に当てていた手はいつの間にか離れていて、褥を強く握っていた。自分の手の代わりに、高虎が空良の膝裏を押し上げ、逞《たくま》しい腰を繰り出している姿が見える。

「はあ、……あ、ああ、はぁぁあ、んん」

大きく仰《の》け反りながら腰を浮かし、深い場所まで高虎を招き入れた。膝立ちした高虎が、上から突き下ろすように腰を送る。

「空良、……空良、はあっ、はっ、は……ああ」

高虎も声を上げ、これまでにない獰猛《どうもう》さで、空良の身体を蹂躙《じゅうりん》していた。

大きな愉悦の波が押し寄せてきて、空良は身を委ねる。腕を伸ばし、差し抱かれた大きな身体にしがみついた。

口づけを交わしながら、二人で激しく揺れた。獣のような呻《うな》り声が聞こえ、空良も嬌声《きょうせい》で応える。

先に果てたのは高虎だった。注がれる熱を感じながら、空良も絶頂に駆け上がる。身体を震わせながら精を吐き出した。

冷たかった寝所の空気は、二人が放出した熱で温まっていた。

そして余韻に浸る間もなく、空良の中で夫が再び力を取り戻すのを感じていた。


肌を滑る濡《ぬ》れた感触に促され、空良は重い瞼《まぶた》を開けた。高虎が身体を拭《ふ》いてくれている。

「あ、……旦那さま」

はっきりと覚醒《かくせい》し、夫に声を掛けると、高虎が身を乗り出して、空良の顔を覗いてきた。

「気がついたか」

どうやら気を失っていたらしく、高虎はそんな空良を介抱してくれていたのだ。

「申し訳ございません」

「よい。俺が無茶をしたのだ。こちらこそ悪かった」

小さな諍《いさか》いともいえないやり取りの中、空良が勝手に気分を害したことで頑《かたく》なな態度になってしまい、そのまま押し流されるようにして強引に抱かれてしまった。

一度目の絶頂までは憶えている。けれどその後の記憶は曖昧《あいまい》で、いつ意識を手放したのかも分からない。寝ていた時間を尋ねると、四半刻も経っておらず、少し安堵した。

「もう……何がなんだか……」

声が枯れていた。

呆然としたまま、まだ身体を起こすことができずにいる空良を、高虎が甲斐甲斐しく世話を焼いてくれる。水を飲まされ、濡れた布で顔を拭いてもらう。

「まだ水はいるか？」

喉の調子を整えようと小さく咳《せき》をした空良を、高虎が心配している。

「平気です。ただ、声が……ん、ん」

喉に手を当てながら声を確かめる空良に、高虎が笑い、再び布で身体を拭く。

「相当枯れているな。明日になったら皆に驚かれるかも」

「それはちょっと、具合が悪いですね。旦那さまは、身体は大丈夫ですか？」

「なんともない」

「頑丈なのですね」

感心半分、呆れ半分の空良の言葉に、高虎が苦笑を漏らした。

高虎が相当激しく空良を責め立てていたことは朧気《おぼろげ》ながら憶えている。あれほど荒ぶる高虎は珍しいかもしれない。

「旦那さま……？」

「なんだ？」

「申し訳ありませんでした」

「どうして謝る」

高虎を見つめながら「だって、怒ったのでしょう？」と言ったら、高虎が驚いたように顔を上げた。

「怒ってなどいない」

思ってもみないことだという態度に、空良は首を傾げる。

「だって、あんなに……」

嫌だと言ったのに、やめてもらえなかった。空良を責める律動は叩《たた》きつけるようで、容赦がなかった。

空良の頑なな態度が原因で、高虎は激昂《げきこう》したのだと思ったのだが、違うと言われた。

「確かに我を忘れてしまった。だが、決して怒りのためではない」

「そうなのですか」

「嫌だったか？」

機嫌を伺うように目を覗かれ、空良ははっきりと首を横に振った。

確かに気を失うほど苛まれたが、壊れるほどの痛手は負っていない。初めに嫌だと告げたのは本心で、けれど途中からは夢中でついていき、最後には自分から求めたのだ。

「戯れのつもりで誘っていたが、段々意地になってしまった。本気で嫌がったらやめるつもりでいたのだ。だが、途中からは夢中だった」

悪かったともう一度謝られ、空良も再び首を横に振る。

「空良も悪かったのです。意固地になって、甘えが過ぎました」

「構わない。いつも甘えてくれと言っているだろう？」

「その言葉を鵜呑《うの》みにして甘えると、酷いことになりそうです。……先ほどのように」

空良の悪戯っぽい声に、高虎が「確かに」と厳かに頷くので、二人して噴き出した。

「いつにない激しい睦《むつ》み合いだったが、ああいった趣も悪くない」

「……旦那さま？」

高虎が思い出すように遠い目をして、満足げに頷いている。

「あれを毎回となると、流石に俺も腰の具合が心配だが、たまには悪くないと思わぬか？」

「思いませんが」

「……良くなかったか？」

そんなふうに聞かれると困ってしまう。確かにとても良かったのだ。意識を手放すほどに。

「空良は旦那さまほど頑丈ではないので、困ります。壊れます」

「たまにと言っておろう？」

幼子がねだるような甘い声を出され、つい許したくなってしまうから始末が悪い。

「たまに、そうですね、二十年に一度ぐらいなら」

「それはたまにとは言わない。せめて三日に一度」

「無理です！」

即座に答えたら、「冗談じゃ」と笑われた。

丁寧に身体を拭いてもらい、寝巻きも着せてもらった。身体の火照《ほて》りは治まっているが、部屋はまだ暖かいような気がした。

高虎も褥に入り、二人並んで眠りに入る。

「それで、機嫌は直ったか？」

せっかく気持ちよく寝られそうだと思ったのに、高虎が蒸し返してきた。

「機嫌など損ねていません」

「そうか」

「損ねていませんが、今の機嫌は悪くないです」

「そうか。ならよかった」

二人並んで仰向けになったまま、そんな短い会話を交わした。

「俺の機嫌が悪かったのかもしれない」

「え……？」

眠りに落ちそうになる間際の声に、空良は反射で返事をする。

「旦那さまの機嫌を損ねるようなことを、わたしがしてしまったのでしょうか」

姉を中庭に招き入れてしまった件について叱責されたが、すでに済んだ話だと思っていた。他にも知らずに何かしでかしてしまったのだろうか。

「いや、そなた自身のことではない。俺の中の問題だな。たぶん、空良があの梅乃という姉に会い、夢中になって世話を焼いていることに、嫉妬《しっと》したのかもしれん」

「姉上にですか?」

高虎は苦笑し、「本当に俺は狭量だな」と自嘲《じちょう》している。

「お前が楽しそうにあれやこれやと動き回っていて、まあ、それはいいのだ。お前のそういう姿を見るのは俺も楽しいのだから。だが、空良をそんなふうに楽しませているのが、俺ではないということが、面白くなかったのかもしれない」

空良を甘やかし、幸福を与えようと、高虎はいつでも心を砕いてくれた。そんな空良が自分とは別の者に心を砕き、嬉しそうにしている姿を見て、複雑な思いに陥ったのだと、高虎が白状した。

「旦那さま。空良にとって、旦那さまは特別なお方です。姉に会えて嬉しく思いましたし、打ち解けられたことにも安堵しました」

肉親の情というものに触れて、その幸福にも浸ることができた。けれど、この幸福は、高虎が背中を押してくれたからこそ得られたものだ。

「旦那さまがいてくれたからこそ、空良は勇気を以て姉と会う決心がついたのです。空良にこの幸福を与えてくれたのは、旦那さまですよ?」

「そうか」

高虎はそう言って、しばらく間が開いたあと、再び「そうか」と呟《つぶや》いた。


翌朝は、少し身体に軋《きし》みを感じたが、普通に動けたので安心した。懸念していた声も、多少掠《かす》れは残っているが、目立つほどではないようだ。

朝餉を取ったあと、声の調子を確かめている空良を見て、ニヤリと笑っている夫が憎たらしい。

「今日も早朝から評定ですか?」

「ああ、そなたにも出てほしいと思うが、どうだろうか」

食後のお茶を飲みながら、そんな会話を交わしていた。

梅乃が来てからは、空良は午前の評定を見逃してもらっていた。昼前に城下に下りる梅乃たちに合わせて予定を調整しているからだ。

「それでしたら参加させていただきます。わたしも一つ提案があるのです」

空良の言葉に、高虎が「ほう」と、期待の籠もった顔をした。

「五條とその周辺の詳しい地図はあるでしょうか」

空良の「五條」の言葉に、機嫌よさげだった高虎の表情が忽《たちま》ち変化する。

「五條の地図？　大雑把《おおざっぱ》なものならあるだろうが、詳細なものだと、取り寄せなければならないだろうな」

各地の地図は、その領地で厳重に管理をしていて、容易に手に入るものではない。その中で、密偵などを駆使して手に入れるものだ。

「欲しいというならば入手の手筈《てはず》を整えるが、その前にそなたの提案とやらを聞きたい。今後の方針に支障が出るようなことは避けたいのだ」

これまで議題に上がったものとはまったく別の新しい案件を出されると、場が混乱する。そうでなくとも片付けなければならない問題が山積みだからだ。

「そうですね。ちょっと思いついただけのことですので、早計でした。提案の件は撤回いたします。ただ、地図は欲しいです。いつでも構いませんので」

「分かった。で、その思いつきとは何だ？　聞かせてほしい」

「ええ。五條方面によい川の流れが見つかれば、あちらに航路を造れないかと思ったのです」

海の幸を滅多に食べられないと言った梅乃の言葉を聞き、届けてあげたいと思ったのだ。

今高虎たちが構想を練っているのは、隼瀬浦方面の川の航路だ。そちらを手本にして、五條の方面にも延ばせたら、日向埼にとっても良いことではないかと思った。けれど、これはちょっとした思いつきだ。話を進めるのには、もっと詳細に調べてからがいいだろう。

「川の利用については、すでに北東側に延ばすと決めてある。急に進路変更などできるはずもない」

「はい。分かっております。思いつきを口にしたわたしが浅慮でした」

ここは高虎の言う通りなので、素直に謝った。どうしても五條に航路を繫げないわけではない。ただそうできたら姉が喜ぶだろうと思っただけだ。

けれど、頭を下げる空良を眺めていた高虎が、大袈裟な溜息を吐いた。

「身内贔屓《ひいき》も多少ならば目を瞑《つぶ》るが、大それたことは控えてほしい」

「大それたことなどするつもりはありません。本当にただ思いついただけなのです」

軽々と思いつきを口にしてしまったことを後悔した。これまではなんでも高虎に伝え、相談していたが、これればかりは失敗だった。

空良を大切に思う高虎は、姉のことには敏感だ。昨夜も寝入る前にそう言っていたではないか。悋気《りんき》が過ぎるのも困りものだと、空良も溜息が零れそうになり、寸前で飲み込む。

それにしても、高虎の発した「身内贔屓」という言葉にも引っ掛かりを覚える。

「確かに姉上たちの力になりたいと思い、いろいろと世話をしていますが、商いについては紹介状を書いただけで、他には何もしていません」

商売のことなど何も知らないから、助言もできはしない。

「あとは美味しい物を取り寄せたり、お土産を見繕ったりの、内向きの世話だけです。それを『身内贔屓』といわれるのは、少々心外です」

「いや、別に梅乃殿のためにいろいろと取り計らうのを悪いとは言っていない」

高虎が慌てて言い繕った。

「言葉尻を捉《とら》えて責められても困るのだ。とにかく少し冷静になれ。あまりのめり込むな。箍《たが》が外れそうで心配になる」

家族の心配をし、手助けをしたいと思うことがいけないというのか。空良の姉に対する気遣いを、高虎が大袈裟に受け取っているようにしか考えられない。

言葉尻を捉えて責めるなと言われるが、どうしても拘《こだわ》ってしまう。「のめり込むな」という言葉にも腹が立った。「箍が外れる」とはどういうことだ。

「北東方面に航路を延ばすのは、隼瀬浦に繋げるためでしょう？　ご自分も『身内贔屓』をしているではないですか」

「それと今回の五條に繋げる件とはまったく違う。互いの利を鑑み、入念に検討した上で始めたことではないか。思いつきで実現できることではない」

「ですから、わたしの提案は撤回したではないですか」

確かに思いつきを口にしてしまった。けれど直《す》ぐに謝り、撤回したではないか。それをねちねちと責められるのは納得いかない。

「では、兵吉郎さんから紹介状を返してもらいます」

「今更そんなことをしてもどうにもならない。そなただって分かるだろう？」

「ではどうしたら、『身内贔屓』をしていないと分かってもらえるのでしょうか。旦那さまのおっしゃる『箍が外れる』範囲がわたしには分かりません」

「悪かった。言葉の選択を間違えた。空良、許せ」

今更謝られても、吐いてしまった言葉は消せないのだ。簡単に折れて謝る高虎の余裕ある態度も気に入らない。

「姉たちとの食事も取り止めにします」

「空良……」

「中庭も使いません。ご安心ください」

高虎が困っている。空良も自分が無意味に意固地になっている自覚があった。けれどどうしても感情が抑えられない。

「……旦那さまには分からないのです」

姉との交流が持てて、嬉しかった。

家族の情など一つも知らなかった空良に、それを与えてくれたのが梅乃だ。手を取り合い、顔を合わせ、他愛ない会話をすることが、どれだけ楽しかったか。

高虎と次郎丸《じろうまる》の関係が羨ましかった。夫婦とは違う、確かな絆で繋がれている二人を、自分には到底手に入らないものを持っている二人が、とても羨ましかったのだ。

けれど、無い物ねだりだと諦《あきら》めていた空良に、ある日突然家族ができた。喜んで、舞い上がって、何が悪い。

「初めから肉親に囲まれて育った旦那さまには、わたしの気持ちなど分からない」

「分かっているつもりだ」

「つもりは分かっていることにはなりません」

「だから言葉尻を捉えるなと。ああ、どうしてこうなるのだ」

高虎の声もだんだん険のあるものに変わってくる。ここまで聞き分けのない空良に苛立《いらだ》っているのだろう。けれど空良だって高虎の言動に憤っているのだ。

「空良、話を聞いてくれ」

「旦那さまはわたしとは違う。それはそうでしょう。夫婦といえど他人なんですから」

キン、と冷たい音がして、部屋の空気が変わった。

驚いて顔を上げると、高虎がこちらを見つめていた。その顔は無表情で、なんの感情も表していない。

「あの、旦那さま」

言い過ぎたと思ったが、あとの祭りだ。先ほど自分でも思ったではないか。吐き出した言葉は、決して消せやしないのだと。

真っ直ぐに注がれる高虎の瞳は、空良を見ていなかった。心を少しも動かさず、ただ視線を前に向けているだけだ。

どれぐらいのあいだそうしていたのだろう。お互いに固まったまま顔を向け合い、やがて高虎の視線が外れた。

冬の夜のようだった空気が解け、高虎は何事もなかったように静かに茶を啜《すす》っている。

「旦那さま。申し訳ありませんでした」

「いや、よい」

精一杯の思いを込めた空良の謝罪への返答は、至って軽いものだった。

自分が取り返しのつかないことをしてしまったのだと、空良はこのとき思い知ったのだ。


二日、三日と、無為に時が流れていく。

表向きはごく平穏に、けれど空良の中では嵐が吹き荒れていた。

あれから高虎の様子は変わらない。空良も必死に平常心を保っている。しかし夫婦のあいだに流れる空気はぎくしゃくと軋んでいて、冗談を言って笑い合うような態度はとても取れなかった。

今も無言のまま向かい合い、夕餉をいただいている。

「旦那さま」

「なんだ？」

「あの、……お芋《いも》さん召し上がりませんか？　わたしはもうお腹《なか》が一杯で」

「そうか。ではもらおう」

自分の膳にあった惣菜《そうざい》を、高虎の膳に移す。

「お酒をお持ちしましょうか。今日は少し冷えるので燗《かん》をつけましょう」

「ああ、うん、そうだな。……いや、今日はやめておこう」

「そうですか」

会話は成立している。高虎も穏やかで、口元には笑みさえ浮かべている。けれど空気は動かない。笑んでいる高虎の心は凪《な》いでいて、そよとも動いていないのが、空良には分かった。外向きの顔を高虎が空良に向けている。それがこれほど心を抉るものなのだと、空良は痛烈に感じていた。

寝所に入っても、空気は変わらない。

褥の上で高虎はいつものように仰向けに寝ていて、空良もいつものようにその大きな身体に寄り添った。

お休みなさいの挨拶に、高虎も返事をしてくれながら、空良の髪を撫でてくれた。そんな些細な行為に酷くホッとする。

空良から求めたら、高虎は応えてくれるだろうか。試したい衝動に駆られたが、もし拒絶されたらと思うと、行動に移せなかった。

静かに夜が更けていく。その静けさが恐ろしく、早く夜が明けてほしいと祈るような気持ちで横たわっている。明日も同じような一日を送るのだろうか。自分は耐えられるだろうかと悶々《もんもん》と考えながら、きつく目を閉じる。

あの冷たい冬のような朝餉を済ませたあと、空良は約束通り、久し振りに評定の間に高虎と共に赴いた。

魁傑たちは空良が姿を現したことを喜び、いろいろと報告をしてくれた。向こうからも梅乃のことを聞かれ、むりやり心を落ち着けて話した。姉弟の仲の良さは家臣たちにも伝わっていて、よかった、よかったと言祝《ことほ》がれ、顔が引きつらないように笑うのに苦労した。そのあいだ、高虎がどんな表情で会話を聞いているのか、怖くて確かめられなかった。

評定の間では、以前と変わらず活発に意見が飛び交い、高虎もそのときは本来の闊達《かったつ》さで、場を取り纏めていた。

空良も熱心に皆の話に聞き入り、時々は意見を出したりもした。五條への航路のことは、もちろん口にしていない。

中庭に姉を連れていくことはやめた。代わりに梅乃たちの客間でお茶を嗜《たしな》んだ。そのときに、夕餉を一緒に取るのをしばらくやめると宣言した。夫婦の邪魔をしたくないという苦しい言い訳に、そんなことはないと言われたが、そこは強く押し通した。自分も夫と共に過ごしたいのだと言ったら納得してくれた。

空良の突然の行動の変化を、当てつけのように取られはしまいかと不安になったが、とにかく高虎の機嫌を損ねるようなことをしたくないという一心だった。

どうしてこんなことになってしまったんだろう。

後悔が、あとからあとから押し寄せるが、解決策が見つからない。このまま夫婦の溝が深まり、修復不可能なところまでいってしまったら、自分はどうしたらいいのか。

愛想を尽かされてしまった。

あれは言ってはいけない言葉だったのだ。

奈落の底に突き落とされた心持ちに陥り、悲鳴を上げそうになるのを必死に抑えた。

隣では高虎が静かに寝息を立てている。

その横顔を眺めながら、いっそ死んでしまいたいと思った。

自分が死んだら高虎は悲しんでくれるだろうか。空良の遺骸《いがい》に取り縋り、泣いてくれるだろうか。

そんな光景を想像し、心が慰められる。

死にたいけれど、死にたくない。愛する人ともっと一緒に過ごしたい。以前の穏やかで、あの温かい空気を取り戻したい。

こんなに近くにいるのに、ずっと遠くの存在のように感じ、その空虚さに、空良は声を殺して涙を流した。


日々は更に過ぎていき、梅乃たちが城に上がってから半月が経った。

中庭にある池の前にしゃがみ込み、空良は魚たちの泳ぐ様を眺めていた。餌をもらって満足した魚たちは、今は悠々と水の中を泳ぎ回っている。

新緑は色を深め、そろそろ初夏と呼べる季節に入る。

兵吉郎の商いは、おおよその算段がついたようで、ここを離れる日も近いことだろう。

姉との別れは名残惜しいが、彼らにも彼らの生活がある。また会える日が来るのだからと、自分を納得させていた。

それに今は姉のことよりも大きな気掛かりがあり、始終それに苛まれているのだ。

高虎との関係は変わりなく、よそよそしくなりながらも普通に過ごすということが、日常になりつつある。

高虎の態度も以前とそう変わらない。話し掛ければ笑顔で応えてくれるし、さりげない気遣いもしてくれる。

ただ、以前のように周りの目を気にせず空良をかまい倒すような態度は鳴りを潜めた。そんな高虎を家臣たちは訝《いぶか》しそうに見ていたが、特に諍いをしたわけでもなく、二人でいれば仲良く寄り添っているように見えるので、そのうち慣れてしまったようだ。

高虎はますます忙しく、空良も梅乃がいることもあり、四六時中べったりといることがなくなったことも大きい。今日も高虎は魁傑たちを従えて領地の視察に回っており、留守番の空良は、城主の代わりとなり、執務に当たっていたのだ。

だいたいが、以前の溺愛《できあい》振りが少々常軌を逸していた風情もあり、本来は今くらいが普通なのだろう。ごく近しい家臣たちも、夫婦の関係が円熟の時期に達し、落ち着いてきたのだと解釈しているようだ。

ただ、魁傑からは「何かありましたか？」と、気遣われたが、何もないと笑顔で答えるしかなかった。一番信頼の置ける人物であっても、夫婦のことを相談して、仲裁を頼むわけにもいかない。魁傑だって困るだろう。

仲裁といっても、仲違いをしているわけでもない。本当に高虎は変わらないのだ。空良だけが高虎の中の変化を感じている。

「空良……？」

後ろから柔らかい声が聞こえ、空良はしゃがみ込んだまま振り返った。

梅乃が立っていた。

人の気配に気づかなかったことに、自分で驚いた。それほど深く思考に耽《ふけ》っていたのだろう。ここが城の中だという油断もあった。それにしても、ここ最近の空良はいろいろとちぐはぐだ。反省しながら、それでも相手が梅乃でよかったと、それだけは安堵した。

庭に入ってきた梅乃は、いつもの薄桃色の小袖ではなく、梅模様の描かれたものを着ていた。先日、城に呉服屋が参上した折に、空良が贈ったものだった。

季節が変わるたびに、高虎は新しい装いを仕立ててくれる。今回も恒例のこととして、呉服屋が城に上がった。初めの頃はそんなに季節ごとに何着もいらないと固辞した空良だったが、金を落とし、経済を回すのも上位の者の努めだと言われ、従うようになったのだ。

呉服屋の到来が告げられたのは梅乃と二人でいるときだったので、姉を一人残して自分だけが行くのも気が引けて、梅乃を一緒に誘った。

姉に贈るのは吝《やぶさ》かではないが、兵吉郎の手前躊躇したのだが、広げられた反物を目の前にして、梅乃がいつになく熱心にそれらを眺める様を見ているうちに、つい絆《ほだ》されてしまった。

光沢のある綸子《りんず》の生地に、梅を咲かせた木立の図柄は少々季節はずれではあるが、とても豪華で、梅乃はそれが気に入ったようだった。反物を手に取り、長い時間じっとそれを眺め、愛《め》でるように撫で、最後に諦めの溜息と共に手放した。そんな梅乃を見て、どうしても贈りたくなってしまったのだ。

ほどなくして仕立てられた着物が届けられ、勝手をしたことを兵吉郎に謝ったのだが、彼は恐縮しながらも、感謝してくれた。新しい小袖を広げた梅乃が満面の笑みを浮かべる姿を見てしまえば、返却などできようはずもない。

空良が贈った小袖を着て中庭に立つ梅乃は、梅の精と見紛うほど雅やかだった。その美しい立ち姿に見惚れ、しばらく呆然と眺めていたが、梅乃がなぜここにいるのかと気づき、空良は立ち上がった。

梅乃たちの滞在する客間はここから遠い。案内もなくこれほど奥まで来られるはずもない。必ずどこかで留められる。今だって見えるところにはいないが、庭の入り口にも、縁側の向こうにも、護衛が待機している。

「姉上。どうやってこちらへ？」

高虎からは梅乃の中庭への立ち入りを許可されたが、そのあと空良から断った。なので、あれ以来梅乃をここに連れてきてはいない。

「空良の居場所を尋ねたら、たぶんここだと聞いて。お城の方に案内してもらったのです」

屈託ない様子で、「ここの方たちは本当に親切ですね」と微笑まれれば、咎《とが》めるわけにもいかない。

「今日は、商いはお休みですか？　兵吉郎さんは部屋に？」

この半月、日中はほぼ毎日出掛けていたのでそう尋ねると、梅乃は視線を爪先《つまさき》に落とし、「夫は一人で出掛けました」と言った。

「お前は来なくていいと言われてしまって」

「え？　兵吉郎さんがそう言ったのですか？」

思わず空良が聞き返すと、梅乃は情けなく眉を下げ、そうしながら無理やりのような笑顔を作った。

「わたくしはほら、役立たずですから」

「そんなことはないでしょう。そう言われたのですか？　なんて酷いことを」

「ですが、……事実でしょう？」

おっとりとした梅乃なので、確かに商談を纏めたりするのには向かないだろうが、商いとは、それだけで成立するものではない。

「姉上のような存在は、商談の場で確かに役に立つはずですよ。現に、城下での姉上の評判はとてもいい」

空良という後ろ盾の力だけではない。梅乃がそこにいるだけで、場が和《なご》やかになったり、或いは引き締まったりして助かると、そう言ったのは兵吉郎自身だったではないか。

「それなのですが、段々と、塩梅が悪いことになってしまって……」

梅乃が言うには、どこの商店に出掛けても、兵吉郎よりも梅乃のほうを上に置いた対応をされるのだという。梅乃が空良の実の姉だというのは、顔を見れば一目瞭然で、そうなると相手は梅乃を下にも置かない扱いをする。加えてこの気品だ。梅乃のほうが主《あるじ》だと勘違いされるのも仕方のないことかもしれない。

もちろん、商談を纏めるのは兵吉郎なので、商いそのものは上手く運ぶ。けれど、同じようなことが何度も続くうちに、段々と兵吉郎の機嫌が悪くなっていったのだと。

「ああ。それは……」

なんとなく分かるような気がした。

自分が長だという自負があり、実際働いているのは兵吉郎だ。彼が誠実な人だというのは空良もよく知っている。商いの成功のためだとずっと押さえ込んでやり過ごし、限界を迎えてしまったのかもしれない。

「姉上、こちらへ」

梅乃の手を引いて縁側に誘導し、腰掛けさせた。廊下の向こうで待機していた者にお茶を持ってきてもらうよう言付ける。

「……大丈夫ですか?」

自分も座りながら、梅乃の顔を覗いた。口角を引き上げ、笑顔を保とうとしている姿が不《ふ》憫《びん》に映る。

「平気ですよ。これくらいのこと」

慣れていますから、と最後は消え入るような声で梅乃が言った。

「慣れているって……。前の婚家のことですか?」

遠慮がちに問うてみるが、梅乃は笑みを湛《たた》えたまま返事はしてくれなかった。ただ、何かを訴えるような目で、空良を見つめ返してくる。

「え……？　まさか、兵吉郎さんのことではないですよね？」

それにも梅乃は答えない。まさかと思うが、違うのならば、すぐに否定すれば済む話だ。返答がないということは、梅乃は兵吉郎に辛く当たられるのに慣れているということになる。

俄《にわか》には信じられなくて、愕然《がくぜん》とする空良に、梅乃は相変わらず笑顔を向けている。

「以前の婚家に比べればよほどましな暮らしをさせていただいているので、不満など言えません」

「そんな……」

以前の調書には、周りの者たちに寄ってたかって虐《しいた》げられたと書かれていた。それよりましと言われても、納得できるものではない。

「いつも、ということではないのですよ。人ですもの、不服があればぶつけたくもなりましょう。元はといえば、わたくしのせいなのですから」

商いの場所を移さざるを得なくなったのも、今回の商いで主人である兵吉郎の立場がないのも、元はといえば自分が原因なのだからと言う梅乃の顔には、すっかり諦念《ていねん》の色が浮かんでいた。

「そんな、……酷い」

「元凶はわたくしなのです」

「それでも！　姉上が苦労することはないではないですか。いえ、違います。姉上は元凶などではありません。そんな理不尽なことがあって堪《たま》るものですか」

憤る空良の手を梅乃が握って、「ありがとう」と儚げに微笑んだ。

「わたくしは平気です」

理不尽な仕打ちを受けながらも、それらをすべて呑み込んで耐える、その健気《けなげ》さに、空良の心は酷く痛んだ。

「わたしが取りなしをしましょうか？」

梅乃には強く出られても、空良には対抗できないだろう。けれど、空良のそんな提案に、梅乃は即座に「駄目です」と強い声で断ってきた。

「姉上……」

「気持ちは嬉しいです。本当に。ですが、そんなことを頼んだら、……わたくしは帰る場所を失ってしまいます」

だから耐えるしかないのだというように、空良の手を握った指に力が籠もった。

梅乃の境遇に対する新たな事実に愕然としていると、奥から軽い足音がして、捨て吉が姿を現した。盆の上に二つの湯飲みと茶菓子を載せて、こちらに運んでくる。

「ああ、捨て吉が運んできてくれたのか。ご苦労さま」

盆を受け取り、縁側の上に置いた。お茶の他に、小振りの饅頭《まんじゅう》が二つずつ皿に載せられ、青菜の漬物が添えてある。

空良は饅頭を一つ摘まみ、「お駄賃だ」と言って捨て吉に渡した。素直にそれを受け取った捨て吉は、礼を言いながら、空良と梅乃の二人を見比べている。

「似ているだろう？」

捨て吉はコクコクと頷き、それからちょこんと頭を下げて戻っていった。梅乃の話を聞き、激昂寸前の空良だったが、捨て吉の顔を見て落ち着いた。

「あのような小さなお子も働いているのですね。不憫だこと」

去って行く捨て吉の後ろ姿を眺めながら、梅乃が言った。そうか、梅乃が見れば、捨て吉は可哀想に思えるのかと、ほんの少し奇妙な感覚に陥った。

小さいうちから働かなければならないことに、梅乃は同情する。梅乃の生い立ちを考えれば、そう思うのは当然だろう。彼女の幼少時代は、働かなくてもまったく支障のない暮らしをしていたのだから。

確かに城では捨て吉よりも小さな子はいない。けれど市井に下りれば、もっと小さいうちから働く者は大勢いるのだ。

空良にとって、働かなければならないことは不憫と思わない。仕事がないことのほうが、よほど切実な問題だと思うからだ。働いて糧を得、明日に命を繋げる希望があるのは、幸せなことだ。

ここで自分の意見を梅乃に伝えることは空良もしない。育った境遇の違いは、こんなところに出るのだなあと思うだけだった。

お茶を飲みながら、中断されていた話を再び進めた。

梅乃が辛い目に遭わないよう、なんとか手助けしてあげたくて、あれこれと聞き出そうとするのだが、相変わらず梅乃の口は固く、「大丈夫」「これまでと変わらない」と、そんなことしか言わなかった。

いっそ梅乃を日向埼に引き留めようかと考えた。

姉が事を荒立てたくないというのは、帰る実家もない寄る辺ない身の上だからだ。姉がここに残ってくれたら空良は嬉しいし、梅乃一人ぐらいなら、城に住まわせることなどなんでもない。

五條での商売が行き詰まっているのなら、向こうを引き払い、新しくこちらで商売を始めたらいいという考えも浮かんだ。助力は惜しまないし、そうしたら、言い方は悪いが兵吉郎のことも監視できる。空良の存在があれば、兵吉郎だって梅乃を今よりもっと大切に扱ってくれるだろう。

いい考えだと思ったが、辛うじて口には出さなかった。

それは、高虎のことが頭に浮かんだからだ。

思いつきで行動してはいけないことを、空良はしっかりと心に刻んでいた。

なるべく冷静な頭で考えようと努力してみる。自分は今浮ついていないだろうか。箍が外れてはいないだろうか。身内贔屓に関しては、そうだと思う。梅乃一人を引き留めるのも、夫婦揃ってこちらに転居してもらうのも、大それたことのように思えた。

本当なら、このことを高虎に相談したい。

……でも、相談して、再び逆鱗《げきりん》に触れてしまったらと思うと、恐ろしくてできなかった。今のよそよそしい関係だけでも途方もなく辛いのに、これ以上夫婦の仲が拗《こじ》れてしまったら、もう生きていけないとさえ思う。

「空良？」

深く沈み込んだ空良に、梅乃が声を掛けた。

「ああ。ごめんなさい。考え事をしていました。何かいい方法がないか、もう少し考えましょう。すぐに結論が出せる問題でもないですし」

空良は控えの者を呼んで、梅乃を客間に送ってもらうことにした。しばらく一人で考えたいと思った。

中庭に一人残り、先ほどの梅乃との会話を考える。

衝撃だった。

兵吉郎はとても誠実そうに見えたし、夫婦仲も良好だと思っていた。兵吉郎の梅乃に注がれる視線は慈愛に満ちているように感じていたのに。

純粋で気高く、その上とてもか弱い姉だ。そんな人に、なんて仕打ちをするのだろう。善《よ》い人だと思っていたのに。兵吉郎のことを、空良は見損なった。

「人というものは分からないな……」

人の性質は一つではない。多面性があって当たり前だ。対応する相手によって態度も変わる。夫婦の形もそれぞれなのだ。

空良と高虎だって、周りの者たちから見れば、今でも仲睦まじく見えるのだろう。二人の関係は、二人にしか分からない。高虎の考えていることすら、今の空良には分からないのだから。

「何が分からないんだって?」

不意に声が聞こえ、顔を上げると菊七が立っていた。

「どうにも調子が悪い」

菊七の気配にも反応できなかった。本当に不甲斐ない。

「……今日は千客万来ですね」

「なんだよ、湿気《しけ》た面してんな、そら吉さんよ」

戯けた声にも反応できない。

「……もしかしたら、死期が近づいているのかもしれない」

なんだか何もかもが上手く回らない。これは凶兆の前触れではないだろうかと、思考が後ろのほうへ向かっていった。

「おいおい、不吉なことを言ってんじゃねえよ。せっかく俺が来てやったんだ。もっと喜んでもいいと思うぜ?」

「なぜ?」

「なぜってお前……反応鈍いな。どうしたんだよ。いつもの丁々発止はよ」

「わたしはそんなじゃありません」

「愛しの旦那さんと喧嘩《けんか》でもしたのか?」

「……していません」

喧嘩はしていないが、答える声が小さくなった。そんな空良の様子を見て、菊七は「お?」となぜか楽しげな声を出す。

「そうか、喧嘩したのかあ」

「してないって言いました」

「で、しょぼくれているわけだ」

近づいてきた菊七が、空良の横にどすりと座った。空良が手を付けずにいた饅頭を見つけ、無遠慮な仕草でそれを取った。

「話、聞いてやってもいいぜ?」

ん？　ん？　言って見ろ、と言いながら、空良の顔を覗いてくる。

空良が落ち込んでいるのが相当楽しいらしい。薄々思っていたことだが、菊七という人は、とても性悪だ。

「用事があるのでは？」

「ああ、もう済んだ。殿様は不在だって言うし、渡す物だけ渡してきた。魁傑の兄貴もいねえから、どうすっかなあって思ってたら、あんたがここで黄昏《たそが》れてたから声掛けた」

菊七の話を聞いて、高虎または魁傑が、菊七に何か調査を頼んだのだと合点した。何を依頼したのかは、空良は聞いていない。

「仕事は上手くいったのですか？」

「まあな。それはそうと、話してみろよ。どんな喧嘩したんだ？　殴り合いか？」

「まさか、そんなことするわけないではないですか。死んでしまいます。……というか、喧嘩なんかしてないし、考えていたのは、姉上のことだし」

「ああ、そら吉のそっくりさんか。えらい別嬪《べっぴん》さんと評判の」

でも俺には負けると言って菊七が笑った。

「で、その姉さんがどうしたんだ？　なんかされたか？」

「されてませんよ。仲良くやっています。……問題は、姉上の旦那さんのほうで」

「ほお」

菊七に促され、空良はつい先ほど姉から聞いたことを、菊七に話して聞かせた。菊七に乗せられたということもあるが、誰かに話してしまいたかったのだ。

梅乃がやってきてからのこの半月のあいだに、いろいろな出来事が重なって、いつもなら聞いてくれる高虎には話せなくて、もう頭の中はぐちゃぐちゃで、外に出さないと爆発しそうだ。

「んで、あんたのそっくりさんが、旦那に虐げられていると言ったんだな？」

「そのようです。わたし、兵吉郎さんを見損なってしまいました。普段はまったくそんなふうに見えないのに」

夫婦というのは、外側から見るだけでは、本質が分からないものだ。

「で、具体的には何されたんだ？　暴力か？」

「いいえ、知りません。そこまでするような人には見えないのですが。とにかく辛く当たられているそうです。今日も『お前は来なくていい』『役立たずだから』と言われたらしく。

……可哀想」

そんな言葉を吐かれたときの梅乃の気持ちを思い、空良の胸は締め付けられた。

梅乃の心情を慮り、自分も落ち込んでいると、突然菊七が立ち上がり、空良に向かって指を突き出し、『お前は来なくていい！　この役立たずっ！』と叫んだ。

それから何事もなかったような風情で、再び空良の隣に座る。

「……っていうふうに言われたんだな。そりゃ酷ぇや」

「え、いえ、どうでしょう？」

あの兵吉郎がそんな暴言を吐く姿が想像できない。

「わたしが見たわけではありませんから。言葉も逐一同じだとは限りませんし。『役立たず』という言葉は、姉が自分で言っていたような？」

ついさっき聞いたばかりの梅乃の言葉を思い出す。「お前は来なくていい」と言われたと言い、「わたくしがほら、役立たずですから」と言っていたような気がする。二つ目の言葉は、兵吉郎に言われたとは言っていない。

考え込んでいると、今度は菊七が空良の腕にそっと手を置いた。なんだろうと菊七を見る。菊七はもの凄く優しげな顔をして、空良に笑いかけてきた。

『連日の外出で疲れているだろう？　今日は私一人で行ってくる。お前は来なくていい』

慈愛に溢れた声音で、菊七が言った。

「……って言ったかもしれねえな」

「お前は来なくていい」という言葉を、菊七がまったく違う声音と態度で表現した。あまりに見事な演じ分けに、空良は唖然とする。

「……上手いものですね。まるで役者さんみたい」

「おうよ。役者だしな！」

驚いた。同じ言葉でも、前後のつながりや、言い方次第でまるで印象が違う。

「言葉ってのはな、どんなふうにも解釈できる。受け取るほうも、自分に都合のいいように聞くから、誤解が生まれるんだよ。そん時、その場にいなけりゃ本当のことは分からん」

直接見聞きしても、人それぞれの解釈があるのだから、それだって当てにならないと菊七は言った。

「そうですね……」

けれど、梅乃は確かに兵吉郎に虐げられていると言った。……いや、言っていない。

梅乃の話を聞きながら、空良が自分でそう解釈したのだ。虐げられたとも、辛く当たられたとも、梅乃は言っていない。すべて空良が勝手に思ったことだ。梅乃の言葉はどれも曖昧で、具体的なことは何一つ言っていない。

「今回の調査なんだけどさあ、もっかい調べてこいって言われたんだ」

「もう一度？」

何についてもう一度調べろと依頼されたのか、菊七の次の言葉を待った。

菊七は空良のほうに顔を向け、ニッと笑う。

「あんたの姉さん、梅乃姫のことだよ」

高虎に依頼され、菊七は再度五條に向かい、梅乃のことを詳細に調べたと言った。

二度目に婚姻してからのことは、前回の調査でかなり詳しく調べたので、そこから特に新しい情報は得られなかった。それなので、今回は最初の嫁ぎ先である呉服屋のほうを、徹底的に調べたのだそうだ。

「ありゃ、性悪だね」

そして得た結論がそれだと言う。

「後家いびりについては未だに随分噂をされてた。水掛けられただの、飯抜かれただの、ぶっ叩かれただの、まー、出てくるわ、出てくるわ。ちょっと水を向けたら、みんな嬉々として話してくれるわけよ。他人の不幸話は、いい酒の肴《さかな》だからな」

一方、婚家の呉服屋のほうでも、対抗するように梅乃の悪口をばらまいていた。しかしその勢いは弱く、助け出された姫君の不幸譚のほうを人々は聞きたがり、語りたがった。

話が二通りあるときは、より劇的なほうが面白い。

菊七はそう言って、「噂なんてものはそんなもんだ」と笑った。

だから菊七は、無勢派の呉服屋の話を聞き回った。そして得た情報で、梅乃のほうも決して負けてはいなかったということが分かったのだという。

「前の旦那が亡くなって、確かに梅乃は息子の嫁にいびられていた。冷遇されていたっていうのも、まあ、本当だったらしいぜ？　けど、あの女の自業自得っていう側面もあった」

「自業自得、ですか」

「そう。嫁いできたときから、働かない、動かない、周りを顎で使う、好き嫌いは激しい、徹底的な依怙《えこ》贔屓、毎日御用聞きを呼んでは買い物三昧《ざんまい》」

菊七が指を折りながら、当時の梅乃の悪行をあげつらっていく。

「旦那が死んだあとも、生活ぶりはまったく変わらなかったらしい」

菊七の話を聞きながら、それは誰のことだろうと思ってしまった。空良の知っている梅乃はそんな人ではない。

「水ぶっ掛けられて泣いてたって話は嘘じゃなかった」

「そうなのですか」

ちゃんと悲劇的なこともあったのだと、なぜかホッとしてしまった。

「けどよ、梅乃のほうも息子の嫁さんに、茶をぶっ掛けたらしいぜ？　しかもあっついの」

「そうですか……」

「飯抜かれたってのもよ、こんなもん食えるかって膳をひっくり返して、じゃあ食うなって言い合いになった挙げ句のことだったようだ。しかもあの姫さん、店屋物を頼んで普通に食ってたらしいぞ」

「ひもじい思いをしなくてよかったです」

「まあ、生粋の姫君だからな、辛い思いをしたってのは本当だろうよ。裕福な商家に嫁いだっても、庶民は庶民だ」

働かないのも、人を顎で使うのも、梅乃にしてみれば当然のことだったのだろう。突然故郷を追い出され、たらい回しにされてようやく嫁げば、それまでとはまるで違う生活が待っていたのだ。すぐに対応しろと言われてできるものではない。

そこで覚悟を決めて、少しでも馴染もうと努力をすれば、変わっていったこともあるだろう。けれど梅乃にはそれも難しかった。

そんな苦しい境遇に置かれながら、次に梅乃が取った行動は、周りの人の同情を引き味方につけ、思うように動かすということだった。

「そういう手管《てくだ》は、女ならまあ、誰でも使う。男がやると情けねえの一言で終わるが、女は違う。強力な武器だ」

あの美しく儚げな顔貌で、はらはらと涙を流してみせれば、転がる男も多かっただろうと、菊七が笑う。

「そんな感じで、上手いことたらし込まれたのが、兵吉郎って男よ。気の毒にな」

そうして梅乃は兵吉郎によって婚家からの脱出を果たした。

一方的な被害者でもないのに、婚家を出るときには、梅乃は助け出された憐《あわ》れな姫君となっており、婚家は後家いびりの家という不名誉な烙印《らくいん》を押された。

「性悪っていうのはな、自分が動かずに周りを動かす。ちょっとした仕草や曖昧な言葉で自分の都合のいいように誘導し、決して言質を取られるようなことはしないんだ」

性悪について高らかに語る菊七の顔を、空良は呆然としながら眺めていた。

菊七がそんな空良の顔を覗き込んでくる。

「衝撃受けちまったか？」

「え……、そうですね。驚きましたが、そこまでは」

梅乃の本来のひととなりを暴露されても、それほど衝撃を受けていない。信じられないという思いと、腑に落ちたという思いが半分ずつだ。不思議と幻滅したという気持ちにはなっていない。嫌悪感も湧かなかった。

肉親の情がそうさせているのか、他に理由があるのか、よく分からない。

「わたしは菊七さんのことを性悪だと思っていたので、違ったのかと、そっちのほうに衝撃を受けました」

空良の言葉に菊七は大袈裟に目を見開き、「酷え！」と叫び、それから高らかに笑った。

「おうよ、俺が性悪なのは確かだな！　梅乃の使う手管とはまた違うが」

「そうなのですね」

「性悪中の性悪だ。俺に言わせりゃあ、あの女の手管なんざたいしたことねえし！　まだまだ底が浅いんだよな」

「頼もしいです」

「おう。けどそら吉はまんまとあの女の手管に転がされちまったわけだ。今度からちょろ吉って呼んでやろうか」

「……面目次第もございません」

「まあ、身内だと思って油断したんだろうから仕方ないか。しかし、……気をつけろよ」

明るい口調で語っていたのが、最後の言葉で声音が変わった。

「あの女、あんたの居場所を狙ってるぞ」

「わたしの居場所……？」

突然告げられた言葉に空良は反応できず、同じ言葉を返しながら首を傾げた。

自分の居場所とはどこだろう。住んでいるのはこの城だ。大きく捉えれば、日向埼の領地ということになるが、どちらも狙って奪えるものではない。

あと、空良にとって一番大切な居場所といえば、夫だ。けれど、狙《ねら》われたからといって、高虎が易々《やすやす》と差し出すとも思えない。

「あの女は、あんたに取って代わろうとしている。城主の伴侶の座が欲しいのさ」

「え……」

ちらりと考えたことを菊七に指摘され、けれど実感も、危機感も、まったく覚えない。

「取って代わると言われても、……無理でしょう？」

高虎の伴侶の座を梅乃が狙っていると菊七が言う。そんなことはどう考えても無理な話だ。

側室や愛妾《あいしょう》ということならば、まだ話が分かる。けれど高虎は決してそれを望まないだろう。空良だって、今の座を誰かに渡すつもりなど毛頭ない。たとえ血の繋がった姉が望んだとしてもだ。

「それが無理だと思わないところが、あの女の浅はかなところなんだよ」

菊七は肩を竦《すく》める仕草をし、「まあ気をつけな、ってこった」と軽い口調で言った。

「あんたは間抜けなところもあるけどよ、あの女に出し抜かれることもないだろうさ」

「それはどうも」

「それに、頼もしい旦那さんもついていることだし、大丈夫だろうよ。まあ、気に掛かるようなことがあれば、逐一旦那に報告したらいい。ちゃあんと守ってくれるだろうよ」

頼りになる旦那を持ってよかったなと、朗らかに言われて、空良はしおしおと視線を下げた。逐一報告するのが最良なのだと分かっていても、今の空良にはとても難しいことなのだ。

高虎に相談したとしても、拗れる場面しか思い浮かばない。

「なんだあ？　本当に喧嘩をしてたのかよ」

空良の様子に、菊七が意外だという顔をした。

「喧嘩ではないのです」

「まあ、長年連れ添ってりゃ、ぶつかることだってあるだろうよ。大丈夫、大丈夫」

空良の抱える深刻さなどまったく意に介さず、菊七がたいしたことはないと軽く扱う。

「本当に喧嘩なんかしていないのです。わたしが一方的に突っかかって、旦那さまは収めようとしてくれたのに、それを振り切って尚も突っかかって、終《しま》いに……愛想を尽かされてしまった」

「ねぇだろ」

「あるっ！　見もしないのに軽々しく言わないで！　だって！　旦那さまのあのときのお顔が……、突然空気が変わって、わたしは、わたし……、もうどうしたらいいか……っ」

菊七に即座に否定され、再度否定する自分の声は、悲鳴に近かった。

空良の剣幕に、菊七は一瞬目を見張り、それからすぅ、と表情を変えた。

「聞いてやる。茶化して悪かったな」

落ち着いた声でそう言って、菊七が話してみろと促した。

「わたしが悪いのです」

「自分の非を認めているんだな？　でも、あんたのことだから、ちゃんと謝ったんだろ？」

菊七の問いに、コクリと頷く。

それからは、菊七に促されるままに、空良はあの日に起こったことを、なるべく丁寧に、順を追って話し始めた。

姉が訪ねてきてくれたことで、少々浮かれてしまい、高虎に叱責されたこと。素直に謝り事は収まったが、どういうわけか空良が高虎の言葉尻に拘《こだわ》り、小さな諍いになってしまったこと。

その後は和解したものの、次の日再び言い合いになってしまったこと。言い合いというより、あれは空良からの一方的な言いがかりだった。

「今思えば、どうしてあんなふうに噛みついてしまったのか、まるで分からないのです。けど、旦那さまに何か言われるたびに、いちいち気持ちがざわついて」

冷静になって考えたら、すべてが他愛のないことだった。

けれどあのときは高虎の言葉の一つ一つに過剰に反応し、ついつい反論してしまったのだ。

「言葉だけではなく、鷹揚な態度にもなぜか苛ついてしまって……、ちょっとしたことにも、この辺がこう、ギャッってなってしまい、そうなると感情の抑えが利かなくなり、また強い言葉で返してしまって」

空良は自分の鳩尾《みぞおち》の辺りに手を置き、拳《こぶし》を握る。おかしな表現になってしまったが、説明のしようもない塊《かたまり》が、内側から空良を苛むのだ。

それは今まで経験したことのない感覚だった。高虎の言葉を聞くたびに、胸の奥がざらついて、鳩尾の辺りに不快感が湧く。高虎が不快なのではなく、自分の中が不快なのだ。

「どうにも制御できなくて。本当にどうしようもなくて」

高虎が謝ってくれているうちはよかった。その行為に増長してしまい、ついには言ってはいけない言葉を吐いてしまった。

「時が止まったようでした。その瞬間、しまったと思いすぐに謝ったのですが、時既に遅く」

「許してもらえなかったのか……」

「いえ。『よい』と言ってくださいました」

「なんだよ。じゃあ別に気に病むこともないじゃないか」

菊七が事も無げに言い、そうではないのだと、拳を握ったまま首を横に振る。

「俺には犬も食わねえやつだとしか思えないんだが」

それなのに、菊七はそう言って笑うのだから腹が立つ。

「違うでしょう？　深刻なのです」

「そうかなあ？」

「もう駄目かもしれない……」

「そういえばそら吉さあ、あんた、なんだか変わったよな」

「え？」

打ちひしがれている空良の話をぶった切り、菊七が容赦なく話題を変えた。この人は性悪なのではなく、鬼畜な人なのだと思った。

「特に変わってないですし、今その話をする必要がありますか？　わたし、真剣なんですけど」

「そういうところ」

「まったく分かりません」

「もともと強いっていうか、しぶとい性格してるだろ？　そら吉って」

「まだ続けるんだ。強くなんかないです。しぶといって普通に悪口だと思うのですが」

「褒めてるんだって。じゃあ、そうだな、言い方換える。そら吉って図太いよな」

「魁傑にゲンコツをもらえばいいと思います」

「やっぱり変わったよ」

　菊七は笑い、「だから褒めてるんだってば」と言った。

　元が図太く、強い空良は、その図太さを内面に隠し、滅多に表に出すことはしなかったと菊七が言う。だが、今はそれが表に出ていて、だから変わったのだと言われるが、まったく賛同できない。

「まるで分かりません」

「俺にはそう見える。まさにこう、……うーん、なんて言うんだろう。脱皮したみたいな？」

「蛇でしょうか」

「やめてくれ」

　心底嫌そうな顔をして、菊七が目の前の何かを振り払うように手を振った。

「まあ、そういうこった」

「本当にまったく分かりません」

「俺は分かるぜ？　あんたのその、『ギャッ』ってなるっていうその正体も」

空良が鳩尾に当てている拳を指し、菊七が言った。

「……教えてください」

得体のしれない、この不快の塊の正体を、菊七は知っているという。空良の中にある、空良さえも理解できないこれを、なぜ菊七には分かるのか、是非知りたいと思った。

「ほうろく玉だ。あんたの腹の中に、それが入っている」

「そんな危ないもの、入っているわけがないでしょう。何を言うのかと思えば」

「もちろん本物のほうろく玉じゃねえよ。そう表現するのが一番しっくりくるって話だ。まあ、黙って聞け。そうやっていちいち喰《く》って掛かるのも、あんたの中にほうろく玉があるせいだ」

菊七が言うには、人が成長する途中、子どもから大人に変わる頃、身体の中にほうろく玉に似たものが生まれるのだという。意図せず弾《はじ》け、感情をまき散らしてしまう、厄介極まりないものだ。けれど制御のきかないそれと上手に付き合っていくことで、人は大人になるのだそうだ。

「だいたい『つ』が抜ける頃から始まるって言われてるな」

「『つ』とはなんですか？」

「歳《とし》を数えるとき、一つ、二つって言うだろ？　九つまで『つ』が付いて、十で取れる。『つ』が付くうちは親のもの』ってよく言うだろ？」

「知りません」

「そうか。『つ』があるうちは、親が思っている通りに子が育つ。親の考えがそのまま子の考えだってことだ。まだ自分ってもんがねえんだな」

しかし、十になる頃から、子どもは親の言うことを聞かなくなるという。自分の考えを持ちはじめ、親の考えに疑いを持つようになっていくのだと。

「その頃にできるのがほうろく玉だ。とにかく、その『つ』が取れた頃から始まって、二十歳前には治まるんだ。人によって早い遅いはあるけどな。みんなそれを経験する」

「みんな？　菊七さんも持っていました？　ほうろく玉」

「あった、あった。特大のがな！　難儀したよ。とくかくムシャクシャしてさあ、何度魁傑の兄貴に殴り飛ばされたことか」

菊七が遠い目をして「酷ぇ目に遭った」と、楽しそうに言う。

普通は一番近しい肉親に向けて、特に激しく弾けるのだそうだ。親のいなかった菊七は、魁傑にそれをぶつけた。空良も同じで、一番近い存在の高虎に向かってしまったのだろうと菊七が語る。

「要は甘えだな。だからあんたのそれは、間違いなくほうろく玉だ」

確信を持った声で言われ、納得しそうになるが、解せない思いも残った。

「でも、二十歳前には治まるのでしょう？　わたし、今年で二十二になるのですが。違うのでは？」

「違わねえよ。恐ろしくおっそい訪れだがな。大人《おとな》になる準備ができたってことだろ」

「今から大人になる準備って……」

「あんたからようやく『つ』が取れたってことだよ。おめでとうさん」

ポンと肩を叩かれ祝いの言葉をもらったが、まったく嬉しくない。

納得したくないが、菊七の説明には思い当たることが大いにあった。この鳩尾にある塊は、まさに勝手に弾けるほうろく玉のようだ。

「あんたが変わったのもたぶんそのせいじゃねえか？　パチパチ弾けているうちに、外側を囲っていた皮が剝《は》がれて、新しくなったんだろうな」

「だから、脱皮……」

「蛇じゃねえぞ。ま、しんどいとは思うけど、上手く付き合っていくしかねえ。みんなが通る道だし、いずれ必ず治まる」

必ず治まるという言葉に、とても安心させられた。得体の知れなかったものの正体が分かっただけでも気持ちが楽になった。

「だから、こんなところでぐじぐじ悩んでねえで、そのほうろく玉を旦那にぶつけてこい」

「それは無理……」

「無理じゃねえって。ちゃんと受け止めてくれるから」

「大丈夫でしょうか」

「大丈夫だろうさ。あんたの旦那は、そんなに肝の小せえやつなのか？」

挑むようにそう問われ、むくむくと対抗心が湧いてくる。

「もし拗れたら、責任を取ってもらいますよ」

空良の言葉に菊七は朗らかに笑い、「やなこった」と言った。そのときには菊七に、蛇をお見舞いしようと思った。


翌日の早朝。空良は奥座敷で一人佇んでいた。

昨日、菊七に激励されて、きちんと話そうと勢い込んだものの、高虎は夕餉の時刻になっても戻ってこなかった。

先に休むようにという言付けをもらい、仕方なく寝所に入った。それでも寝ずに待っていたのだが、高虎が帰ってきたのは夜半も過ぎた頃で、流石《さすが》にそこから話し合いもできず、寝たふりをするしかなかった。

寝所に入ってきた高虎は、静かに空良の隣に入り、しばしのあいだ、空良の様子を窺っていた。そっと髪を撫でてくれ、やがて静かな寝息を立て始めた。

高虎の密やかな行為に、嫌われているわけではないことが察せられ、空良は心から安堵し、自分も夢の中へ落ちていったのだった。

そして朝目覚めてみれば、すでに夫の姿はなかった。たぶん鍛錬のために外へ出たのだと思う。

高虎はどんなに忙しくとも、鍛錬を欠かさない。大概は朝だが、夕方や夜遅くに行うこともある。

昨夜はだいぶ遅くに寝入ったので、今日は別の時刻に鍛錬をするのではと思っていたが、違ったようだ。

「……避けられているわけではないですよね？」

つい思考が後ろ向きになり、ブンブンと首を振る。

昨夜、髪を撫でてくれたではないか。勝手に相手の思惑を決めつけてはいけないと、気持ちを切り替え、立ち上がった。

支度を調えて、奥座敷を出る。

ここのところすれ違いが多く、なかなか二人の時間が取れない。高虎の手が回らないところを空良が請け負っているのだから、それは当たり前のことだ。

会えないならば自分から会いにいけばいいのだ。何も言われていないのに、先廻りしてウジウジ考えるのは、もうやめにした。

よくよく思い出せば、空良はいつも受け身だった。高虎の言葉を待ち、高虎が何かをしてくれるのを受け止め、感謝するだけだった。

ドロドロに甘やかされ、望みを聞かれ、常に気遣ってもらっている。鷹揚な高虎に甘え、ぬくぬくと守られているばかりだ。

だいたい、高虎は空良を甘やかし過ぎだと思うのだ。だから増長し、あんな噛みつき方をしてしまったのだ。

歩きながら心の中で夫に文句をつけ、空良はくすりと笑った。

菊七から教わったほうろく玉が、腹の中でパチパチと跳ねている。けれどその感覚は、以前に比べれば、不快感がずっと薄いように感じた。鳩尾に手を当てて「お前は黙っていなさい」と叱りつける。宥めるように撫でてやると、気持ちがすぅと落ち着いた。

分かっていれば制御もできる。これは親愛の情からくる甘えなのだ。

鍛錬所に続く道を歩いていくと、前方から複数の気配を感じた。更に先へ進めば、威勢の良い掛け声や、荒い息づかいが聞こえてくる。

開けた場所の中心に高虎の姿が見えた。魁傑を相手に、模範試合をしているようだ。周りでは数人が試合を見学しており、隅で素振りをしている者もいる。

鍛錬所に入り、高虎たちの試合を空良も見学した。辺りはまだ薄暗く、肌寒さを感じたが、戦う高虎の身体からは湯気が上がっていた。

気迫のあるその姿に見惚《みと》れる。堂々と相手の剣を待ち構える様は美しくすらあった。

周りの者たちも、真剣な顔で試合の行方を追っている。その眼差しには、鬼神のごとき強さに対する憧《あこが》れが見て取れた。

あれが空良の夫だ。

誇らしさと喜悦が湧き上がり、叫び出したい衝動を抑えるのに苦労する。

やがて試合が終わり、空良の存在に気づいた高虎が、こちらに向かってきた。側近から受け取った汗拭き用の手拭《てぬぐ》いを持ち、空良からも近づいていった。

朝の挨拶を交わし、高虎に手拭いを渡す。

「そなたがここへ来るのは珍しいな」

「昨夜は遅いようだったのに、もう朝にはお姿がなかったので、こちらに来ました」

「そうか」

「お顔が見たかったので」

汗を拭いている腕がピタリと止まり、高虎が空良を見た。驚いているような表情に笑顔を向ける。

「ここ最近お互いに忙しくて、ゆっくりお話もできませんもの。だからせめて、少しのあいだでも、お会いしたかったのです」

二人の対話を耳にした周りの者たちが、そそくさと離れていく。

高虎は止まった手を再び動かしながら、「そうか」と呟いた。ほんのりと口の端が上がっている。

「朝餉はお部屋で取られるのでしょう？」

「ああ。そのつもりだ」

「では支度をさせましょう。鍛錬はまだお続けになりますか？」

「ああ、うん。いや、今日はこれで終わりだ」

どことなくあたふたとした様子で高虎が返事をした。

「そうですか。では一緒に部屋に戻りましょう」

高虎の手を取って歩き出すと、引っ張られるようにして高虎がついてきた。

いつも高虎のほうから抱き寄せてくるのに、空良から手を伸ばしたことに戸惑っているようなのが可笑《おか》しい。

部屋に戻り、朝餉の支度が調うまでのあいだ、高虎の召し替えを手伝った。汗で濡れた身体を拭き取ったり、帯を結んだりと、甲斐甲斐しく世話を焼く。

食事を取るあいだも、要望を聞いて茶を淹《い》れたり、事業の進捗具合を聞いたり、自分から積極的に働きかけた。

高虎はいつもと違う空良に、戸惑いながらも嬉しそうに世話を焼かれていた。

「なんだか今日は様子が違うな。どうかしたか？」

「夫の世話を焼きたい妻に、どうかしたかはおかしいでしょう。まるで空良がいつも世話をしていないみたいではないですか」

「あ、いや、そういう意味ではないのだが」

「分かっています。世話を焼きたいから焼いているのですよ。旦那さまがお嫌でないなら、大人しく焼かれてくださいませ」

「嫌なはずもない」

「それなら結構」

不思議なもので、昨日まで感じていた不安感が襲ってこない。高虎は相変わらず穏やかで、表情も受け答えも昨日までと変わらない。よそよそしいと感じた違和感もなく、それどころか嬉々《きき》とした感情が伝わってきた。

受け取る側の心持ちが変われば、これほど違うのだと、空良は今まで自分が勝手に悲観的に受け取っていたことを、高虎の満足そうな顔を眺めながら実感していた。

あの決定的な諍いをした日から数日は、確かに二人はぎくしゃくしていた。けれど高虎は自分で折り合いをつけ、空良だけがいつまでも拘り、顔色を窺い続けていたのかもしれない。

「今日の予定はどうするのだ？　昨日の視察の報告をしたいので、できれば評定に参加してほしいのだが」

高虎の問いに空良は少し考えてから、「申し訳ないですが」と切り出した。

「今日は欠場させていただきたいのです」

昨日の梅乃の話が気掛かりで、様子を窺いたいと思っていた。夫婦で出掛けるのか、また兵吉郎一人で出るのか。二人でいるときの状況を、この目で確かめたい。

高虎は空良の言葉に機嫌を損なうこともなく、快く了承してくれた。

「いいだろう。視察の報告は個別にしてもよいからな」

「はい。申し訳ありません。姉たちもそろそろ五條に帰る算段をしているようなので」

「そうか。残り時間を姉のために使いたいのだな」

「ええ。それもあるのですが、少々気になることがあり、それを確かめたいのです」

「気になること？」

高虎が顔を上げた。真っ直ぐに空良を見つめる眼差しに、懐疑の色が浮かんでいる。

「何か言われるか、されるかしたのか？　それとも……いや、いい」

「なんでしょう」

途中で言葉を切った高虎を訝しく思い尋ねるが、高虎は「特にはない」と言って誤魔化すように茶を飲むので、ますます疑惑を持った。

「隠し事でしょうか」

「そうではない」

「旦那さま？」

幾分強い声で呼び掛ける。高虎は諦めるように溜息を吐き、「噂が耳に届いたのかと思ったのだ」と言った。

「噂ですか？　特に何も聞いていませんが」

「ならばよいのだ」

「どんな噂でしょう」

「根も葉もないものだ。そなたが気にすることではない」

「気になります。教えてください」

話を切り上げようとするのを許さず、更に追求する。不快な表情をされてしまったが、怯《ひる》まずに先を促した。

「知らないままでいるほうが嫌です。旦那さま、教えてくださいませ」

しばらく沈黙が続いたが、折れたのは高虎のほうだった。「本当に根も葉もないのだぞ」と前置きをして、噂の内容を教えてくれた。

「主に下働きの者たちや、城下で広がっていることらしいが、そなたの姉を、俺が側室に迎えるらしいというものだ」

「そうですか」

「俺はそんなことは承知していないぞ。俺の伴侶はそなただけだ。側室も愛妾も持つつもりはない」

「ええ、知っています」

少しも動じない空良の様子に、高虎はしばし呆気《あっけ》に取られ、それから安心したように笑みを作った。

「生涯お前一人だと、旦那さまはいつもおっしゃってくださるではないですか。わたしは微塵《みじん》も疑っていません」

今まで何度もぶつかってきた問題だ。二人で話し合い、互いに苦しみ、それでも生涯唯一の夫婦でいることを選んだのだ。今更そのような噂に揺さぶられるような空良ではない。

「噂の出所は分かっているのですか？」

空良の問いに、高虎が僅かに目を泳がせたので、理解した。

梅乃は空良の実の姉だし、出自も伊久琵の姫君なので、釣り合いとしては充分だ。空良と違い、子も産める。

側室として入っても、子を産んでしまえば立場は強くなる。いずれは正室の座につこうという目論見であるのは明らかだ。

菊七から話を聞いていたので、驚きはなかった。ああ、そういう策なのだなと納得しただけだ。だから梅乃はここに残りたくて、空良にあのような話をしたのかと合点がいった。

「下働きの者たちと、城下の人々のあいだで広がっているのは分かりましたが、城の方たちはどうされているのでしょう。家臣からすれば歓迎すべき話でしょうに」

「まさか。俺の部下にそのようなたわけはおらぬ」

不快そうに鼻根に皺《しわ》を寄せ、高虎が断言した。

初めのうちは梅乃の美貌と姫君然とした立ち居振る舞いに浮き足だったものだが、あくまで城主の伴侶の姉として弁《わきま》え、接してきた。よからぬ噂が立っても惑わされることもなく、すぐさま噂の出所を調べ、動いていたという。

「城下の噂もそのうち消える。手は打ってあるのでな」

「それならば安心です。……わたしの姉が、ご迷惑をお掛けしました」

床に両手を突き、高虎に頭を下げる。

「よい。どんな噂を立てられようと、こちらは揺らがないのだから、何ほどでもない」

大事にならないうちに火消しをしようとしていたのだが、空良の耳に届いたかと焦《あせ》ってしまった。藪《やぶ》を突《つつ》いて蛇を出してしまったと、高虎が苦笑した。

「肉親の悪口など聞かされれば、良い気分にならないだろう」

一時期の空良は、姉のことになると過敏な反応を示していた。そんなときに事実を知らされても、素直に聞くことはできないだろうと、静観していたのだという。

「空良が嫌な思いをせぬうちに、終わらせたかったのだが」

姉ができたと喜んでいる空良の様子を見ていたから、このまま穏便に五條に帰ってほしいと願っていたのだと、高虎が言った。

「本当に浮き足立っていて、何も見えていなかったと、……恥ずかしいです」

「長いあいだ交流を持てなかった肉親との繋がりだ。誰だって無条件で信じてしまう。当然の感情だと、俺は思うぞ」

菊七からの第二の報告も、高虎に届いているはずだ。けれど高虎は空良に何も言わず、姉弟としての関わりを、大切にしてあげたいと願ってくれたのだろう。

「他愛のない噂程度、どうということもない。可愛らしいものだ」

歴戦の武将を相手取って常に勝ち続けている高虎にとって、梅乃程度が画策したところで、その対応など容易《たやす》いことだと言って、笑った。

「ただ、そなたが傷つくことだけが心配でな」

高虎の憂いは、ただただ空良のことだけなのだ。

気遣わしげな顔をして空良を見つめる高虎に、空良も笑って「平気です」と答えた。

「不思議なのですが、菊七さんに姉の本性を聞いても、噂のことを聞いても、裏切られたとか、悲しいだとか、そういう気持ちが湧かないのです」

胸に手を当てて、自分の気持ちを量ってみる。してやられたという思いはあるが、それで傷ついたかと問われれば、そこまでの思いはない。直接攻撃を受けたとか、陥れられたという実感がないからかもしれない。

「それが肉親の情というものなのかもしれぬな。俺も貞虎《さだとら》からどのような理不尽を突きつけられても、たぶん憎めないと思うから」

「ああ、そうですね。分かります」

「俺もそなたの姉に対して、敵として攻撃しようという気にはならなんだ」

そなたの姉だからかな、と高虎は柔らかく微笑み、それからもう一服、お茶を所望した。


高虎に告げた通り、午前の評定を欠席させてもらい、空良は姉夫婦の部屋に赴いた。

兵吉郎の支度はすでに済んでおり、直ぐにも出掛けられそうだ。しかし梅乃のほうは、留守番らしい。体調を崩したという理由だった。

「それは心配ですね。疲れが出たのでしょうか。薬師《くすし》を呼びましょう」

「いいえ。たいしたことはないのです。横になっていればすぐに治りましょう」

相変わらず嫋やかに笑みを浮かべ、梅乃が弱々しく答える。昨日もこのような感じで兵吉郎を一人送り出し、空良との時間を作ったのだろう。

兵吉郎のほうは、そんな梅乃を気遣い、自分も今日は外出をやめにすると言っている。その様子は本当に心配そうで、とても妻にきつく当たるような人物には見えない。

「いいえ、あなた。どうかわたくしに構わず出掛けてらしてください」

思いやりのあるやり取りに空良は微笑みながら、「姉上もそう言っていることですし」と、兵吉郎に外出を促した。

「そろそろ五條に帰る予定だと聞きました。一日も無駄にできないでしょう。姉のことはこちらに任せてください。城の者に世話を頼みますから」

「恐れ入ります」

兵吉郎が恐縮し、その横で梅乃もおっとりと頭を下げている。

「ああ。それなら今日はわたしが旦那さんと一緒に出掛けましょう。どのような取引をしているのか興味がありますし、ご挨拶にも伺いたいので」

「いえいえそんな」

突然の空良の申し出に、兵吉郎が慌てている。

「実は、お土産《みやげ》を選びたいのですよ。こういう理由がないと、なかなか城下に下りることもできないので」

茶目っ気を見せて兵吉郎に頼み込めば、彼も断ることはできない。気の毒だが、兵吉郎の話を聞きたいと思ったのだ。

馬に乗れないという兵吉郎に合わせ、空良たちは徒歩で城下に向かった。

護衛を兼ねたお供を二人と、高虎に命じられて沢村を連れている。威圧感を出さないようになるべく離れて歩いてくれと頼んだのだが、それは承知してもらえなかった。小さくなって空良の隣を歩いている兵吉郎が不憫だ。

そして兵吉郎の隣には、なぜか梅乃が並んでいた。夫と空良で出掛けると聞いて、それなら自分も一緒に行くと言い出した。不調といってもたいしたことはないというので承知した。本人がそう言うならば、却下する理由もない。

梅乃が一緒にいるので、兵吉郎から話を聞くことはできそうになく、少し残念だった。けれど、二人の普段の様子を観察できると思えば悪くない。

日向埼の城のすぐ側に城下が広がっているので、距離は長くないが、それでも馬なしで歩けば、それなりに時間が掛かる。今日はせっかく空良が一緒にいるので、港の倉庫街まで足を延ばすことにした。倉庫に行けば、他国の商人と交渉ができる。

空良はもともと丈夫な質なので、長時間歩くのはまったく苦にならない。兵吉郎も慣れているらしく、しっかりとした足取りで歩いていた。意外だったのは、梅乃も泣き言一つも言わず、ちゃんとついてきたことだ。途中で弱音を吐いたら、馬を借りるか、どこかで休ませるかと考えていたが、杞憂《きゆう》に終わった。案外根性があるのだと感心してしまった。

城下町を過ぎて、港の方面へ真っ直ぐ進む。

倉庫街では懇意にしている他領の商人と折良く会えたので、姉夫婦を紹介した。双子の姉だというと、相手方は大仰に驚き、是非にと拝み倒すような勢いで商談を進めた。梅乃に対する態度もそれはもう驚くほどの歓待で、梅乃が言っていたことがまったくの出鱈目《でたらめ》ではないことを理解した。

熱心に話し掛けられた梅乃のほうも、割合と如才なく受け答えをしていた。「どうぞよしなに」と頭を下げ、相手が恐縮する様は、芝居を観ているようだった。案外商売に向いているのではないかと、優雅にやり取りをしている梅乃を眺める。

兵吉郎は、そんな梅乃を、にこにこしながら見守っていた。

空良が城下に下りたことを聞きつけた人たちが徐々に集まり始め、港が賑やかになっていった。水揚げされたばかりの魚を持っていけと次々に人が押し寄せ、沢村に叱られていた。久し振りの視察も兼ねて、倉庫街を見て回る。あちらこちらから声が掛かり、大変な思いもしたが、町は概ね平穏なようで、それを確かめられたことに満足した。

三人衆の一人である孫次も顔を出し、近況を報告する。さしあたって問題がないことを確認した。そのあと孫次と沢村とで、何やら密談を交わしているようなのを、目の端に捉えた。

兵吉郎たちの付き添いで城下に下りたのに、結局空良と町民たちとの交流となってしまい、申し訳なかった。

「空良様の人気は絶大ですねえ。話は聞いておりましたが、実際に見ると、想像以上です。これほど庶民に対して寛大な領主さまを初めて見ました」

空良が来たことで、商いに支障がでたことを謝罪したら、兵吉郎がそう言って、いいものを見られたと笑ってくれた。

倉庫街から城下町に戻り、梅乃たちへの土産を物色して歩いた。店の前に立つだけで、あれもこれも持っていけと手渡されそうになり、再び沢村の怒号が響いた。

帰る頃には流石に梅乃も疲れたらしく、馬を借りてそれに乗せることにする。馬に横乗りして闊歩《かっぽ》する姿は堂々としており、流石だと思った。姫君とその一行のような道行きに、沢村が少しばかり不機嫌そうなのが、可笑しかった。

そんな不穏な空気が漂っても、梅乃はまったく頓着《とんちゃく》することなく、悠然と馬に揺られている。案外肝が据わっているのだなと思った。梅乃の本質を垣間見たような気がした。

兵吉郎はそんな梅乃を最後まで気遣っていた。

梅乃たちに付き添い城下に下りた三日後、空良たちは再び城下町にいた。

明日には姉夫婦が五條に帰る。

送迎会の意味も込めて、日向埼に戻っている旅一座の芝居を、皆で観ることにしたのだ。

空良と姉夫婦に同行したのは、三人の護衛と魁傑だ。高虎は遠方から大事な客が来ているので、そちらの対応をしなければならず、不参加だった。

「五條でもだいぶ評判になっていたのです。この目で観ることができるなんて夢のようです」

兵吉郎が感激している。

菊七たちの一座は、五條で興行したことがなく、兵吉郎も梅乃も、観るのは初めてだと言った。芝居の噂だけは流れてくるらしく、いい土産話になると楽しみにしている。

本日の演目は、以前も披露した海賊物だった。海を荒らす海賊の根城に主人公のそら吉が単独で乗りこみ、見事制圧するという物語だ。

前方の桟敷《さじき》を占有し、幕が開くのを皆で待ち受ける。夕方前の芝居小屋は、本日も満員御礼である。

因《ちな》みに、今日の観劇に同行する人物の選定にあたって、熾烈《しれつ》な争いが繰り広げられたらしい。勝負に負けた沢村がたいそう落ち込んでいたそうだ。魁傑はもう何度も観ているのだから譲ってあげたらいいのにと思ったが、負けるのが悪いと、沢村の恨み節を一蹴《いっしゅう》していた。

日向埼の城に勤める人たちは、大人げない者が多い。

やがて幕が上がり、演者が活き活きと舞台の上で演じ始める。以前よりも内容がだいぶ大袈裟になっていて、主人公のそら吉に至っては、もはや人ではないような動きをしていた。三雲の鬼神も、重臣桂木も、脚色が酷い。けれども客はやんやと喜び、海賊を打ち倒す場面では、涙を流す観客もいた。

「……あれは流石にやり過ぎでは？」

「いやいや。たいそう見応えがあり申した。見せ場の決戦などは空良殿の活躍が著しく、実に痛快！　おおいに盛り上がりましたぞ」

ご満悦な魁傑だ。

「わたしは人質なのに、どうしてあんな暴れ方をするのです。菊之丞《きくのじょう》の身軽さには感心しましたが、あれはもうわたしではありません。演題の変更を申請しましょう」

「何をおっしゃる。大筋はそのままだったではありませんか。ほぼ事実でござる」

「いいえ。ほぼねつ造です」

空良と魁傑との言い合いに、兵吉郎が目をパチクリさせている。

「あの、今日のお芝居の内容は、本当に空良様がなさったことなのですか？　海賊の本拠地に単身で乗り込み、掌握《しょうあく》したと」

「然り、然り。それを証拠に、あの頃の海賊の幾人かは、ここまで押しかけてきて、住み着いておりまする」

魁傑の説明に、兵吉郎が「ひえ！」と叫んだ。梅乃までが目を見開いている。

「空良殿の指揮の下、日向埼の発展のために未《いま》だ尽力しておるのですぞ。我が領地のご伴侶殿は、たいそうなお方なのです」

「魁傑、言い過ぎです」

「なんの。まったく言い過ぎではござらん。空良殿の武勇をこの目ですべて見てきた拙者が言うのです。そうそう、それでな、兵吉郎殿、本日の演目の他に、『松木城陥落、五月雨決戦』というものがあるのだが」

「へえ、噂だけは知っております」

「あれもまた凄まじい戦いであった」

魁傑が意気揚々と、空良の武勇伝を語り始め、兵吉郎が目を白黒させて聴き入っている。側にいる梅乃も珍しく驚きの表情を浮かべていた。

魁傑による空良の物語は大仰で、しかも武人特有の張りのある音声で語るものだから、他の観客たちまで聞き耳を立てている。魁傑は何度も語っているのか慣れたもので、実に朗々とした独演振りだ。従者たちまで頃合いをはかって合いの手を入れている。まるで芝居の続きが始まったかのような有様だ。

「魁傑、いい加減にしなさい。ほら、楽屋見舞いに行きますよ。菊七さんも待っているでしょうから」

放っておくといつまでも語りそうな魁傑を引っ張って、逃げるようにその場を後にした。

一同を引き連れて、芝居小屋の裏手に回る。小さな中庭を突っ切って奥に進めば、演者たちの控え室が並ぶ場所へ行き着く。

菊之丞の名が染められた暖簾《のれん》を潜ると、芝居の装いを解かぬままの菊七が出迎えてくれた。普段の美貌に加え派手な化粧を施した菊七は、壮絶な色気を放っている。

「ようそら吉、よく来てくれた。ほう、そちらさんがそら吉の姉さんか。噂通りの別嬪さんだな」

手弱女《たおやめ》のような姿をしたその口から飛び出す傍若無人な物言いに、梅乃は一瞬気圧されたような顔をしたが、すぐに平常を取り戻し、いつものおっとりとした風情を漂わせた。

空良は差し入れを渡し、役者たちの熱演振りを労う。

「観るたびに話が大袈裟になっていて、もう別物になっていませんか？」

「大うけだっただろ？　派手なほど客が喜ぶ。今回の演出はいっとう評判が良いんだぜ？」

「演題を変えることを提案します」

「馬鹿言うな。そら吉の名が掲げてあるから客が集まるんだ」

「そんなことないですよ。内容だけで、充分面白いです。演じる皆さんも達者ですし」

「そりゃ当たり前よ。誰が主役張ってると思っているんだい。けどよ、その上にあんたの名があるのとないのとじゃ雲泥《うんでい》の差なんだ。なにせ日向埼の鬼嫁さんだもんな。誰も敵わねえ」

今や三雲の鬼神とその鬼嫁の名は、全国に轟《とどろ》いていてその勢いは留まることを知らない。

何処へ行っても空良たちを題材に使った演目は絶賛され、求められているのだと、菊七が得意満面で説明した。

「これからもどんどんやらかしてくれ。お前さんの活躍を期待しているぜ」

「お任せあれ」

魁傑が堂々と請け負った。

菊七の楽屋で差し入れをお持たせにして、賑やかに感想会をしていると、高虎が来たとの先触れがきた。驚いて城主の来訪を出迎える。

「突然済まない。……芝居は間に合わなかったか。残念だ」

高虎はそう言って、まずは菊七に挨拶をし、それから空良たちのもとへとやってきた。

「旦那さま、どうされたのです？　今日は来る予定ではないと聞いておりましたが」

「ああ、先方との交渉が思いの外早く纏まったのでな、抜け出してきたのだ」

気晴らしもしたかったし、という言葉は、空良だけにそっと告げられる。

それから高虎は梅乃たちのほうへ顔を向けた。

「二人は明日出立するそうだな。日向埼での商いも良い結果となったと聞き及んでいる」

「はい。お蔭様で大手を振って五條に帰ることができます。また、手前のような身分の者に、過分なおもてなしを頂き、感謝しております。本日のお芝居も、大変楽しませて頂きました」

兵吉郎が深く頭を下げて感謝の言葉を告げた。高虎も鷹揚に頷いている。

「我が伴侶空良も、実の姉との再会、その上良き交流を持てたと喜んでいる。五條での成功を祈っているぞ。気をつけて戻られよ」

高虎の言葉は兵吉郎にのみ向けられ、梅乃には一瞥《いちべつ》もくれなかった。そうして空良のほうへ向き直る。

「空良、せっかく二人とも城から出たのだ。このあと散策しないか？」

「今からですか？」

「まだ夜になったばかりだ。二人揃って城下へ下りることなどそうないだろう？　たまには夫婦で出掛けるのもよいではないか」

馬で浜を走らないかと誘われ、心が動いた。魁傑がすかさず従者たちに指示を出している。菊七に挨拶をして楽屋を出ようとしたときに、空良の袖をそっと引っ張る者がいた。梅乃が何か言いたげに、空良を見つめている。

「姉上、どうしました？　帰りは従者たちがきちんと送ってくれますから、心配ないですよ」

「ええ。……そうですが。わたくしは……」

言いたいことがありそうな梅乃の言葉を待ってみる。しかし梅乃は何も言わず、戸惑うような視線を空良に送るだけだ。

「あの、恐れ入りますが」

兵吉郎が恐る恐るといった態で進み出た。

「手前どもは明日、出立します。そうしますと、今が最後の姉弟の交流となることを、梅乃は名残惜しいのだと思います。今少し、お時間を頂けないでしょうか」

兵吉郎はそう言って、俯いている梅乃に、「な？　話したいことがあるのだろう？」と、優しく問い掛けている。

城の中庭で梅乃から夫婦のことを聞かされてから、空良は梅乃と二人きりで話す機会を持たなかった。以前告げたように夕餉は高虎ととっていたし、客間に行くのはいつも兵吉郎がいるときだった。そのあいだ、何度か二人きりで話したいような素振りを梅乃が見せたが、空良はそれを受け流した。空良にも仕事があり、そうそう時間を割けないということもある。

あとは梅乃の気持ちを汲《く》み取り、先廻りするのをやめた。梅乃から直接望まれない限り、放っておいたのだ。

梅乃にとっては、今が最後の機会だろう。必死な様子を見せるものの、やはりぐずぐずと何も言わない。これでは埒《らち》が明かないので、空良は仕方なく受け容れることにした。確かにこのまま別れてしまうのは、空良にとっても心残りだ。

「旦那さま、少しのあいだ、お待ち頂けますか?」

遠乗りは諦めるつもりがなかったので、高虎たちに外で待ってもらい、空良は梅乃を芝居小屋の中庭につれていった。

塀に囲まれた小さな庭は、人の出入りが見やすく、隅に行けば耳も届かない。密談に向いている場所なのだ。

「それで、お話とはなんでしょう」

二人きりになると、空良はすぐに本題に入った。

「皆を待たせているので、あまり時間がありません」

空良に急《せ》かされ、梅乃がようやく口を開く。

「前に話した夫のことなのです」

「その件については、わたしなりにお二方を観察してみて、特に問題があるように見えませんでしたよ?」

「そんな……」

「兵吉郎さんは、姉上をとても大事に思い、気遣っているように見えました」

「空良にはそう見えるのですね。でも……」

梅乃はそれきり再び言葉を濁す。

「見えないところで兵吉郎さんに暴力でも振るわれているのですか？」

「いえ、そんなことは」

「では暴言を？」

「わたくしは、あの人の望むようにできませんから。なんの役にも立たないし」

「そう兵吉郎さんに言われたのですか？」

再び無言。

「姉上がどのようにしたいのか、望みを聞かせてください」

「わたくしのほうから望むことなど何も……。だって、わたくしにはもう、寄る辺ない身の上ですから」

城に残りたい梅乃は、どうにか空良にその言葉を言わせようと、誘導しているのが明らかで、のらりくらりと空良の追求を躱《かわ》し、自分からは望みを言わない。

「姉上、察してくれは通じませんよ？　兵吉郎さんは姉上の気持ちを汲んで、先廻りをしてくれるのでしょうが、わたしはそうではありません。望みがあるならちゃんと言ってくれないと」

「望みと言われても、特にはないのです。ただ、わたくしは平穏に暮らせれば、それで満足なのです」

物言いだけは殊勝な梅乃だ。

「兵吉郎さんと別れ、日向埼に残りたいのでしょう？」

なので、空良のほうから水を向けてやる。梅乃は思ってもみなかったというように、ハッとして目を見開き、次には思案げな顔を作った。

「そのようなことは……。ですが、そういう道もあるのですね」

あくまで空良から提案されたという形で話を進めたいのだろう。種が分かれば単純な誘導だ。これに呆気なく転がされていたのかと思うと、自分の不甲斐なさに溜息が漏れた。菊七にちょろ吉と言われるわけだ。

しかし、空良だって日向埼の領主の伴侶だ。これまでも、傑物と呼ばれる武将たちと渡り合ってきたのだ。やられっぱなしではいられない。

「でも、ここに残るとして、姉上はどのようにして生計を立てるのですか？」

「え？」

「兵吉郎さんなしに商売するのは、姉上には難しいでしょう」

「もちろん、そのようなことはできません」

「でも、一人で生きていくには、働かなければなりませんよ？」

「働く……？」

思わぬ方向へ話が進み、梅乃が困惑している。

「何もできなければ、城で引き取るしかありませんが、姉上は何をして過ごすのですか？　内政の手伝いなど未経験では無理でしょうし、師を付けて学んでもらうような余裕もうちにはありません。せいぜい下女としての仕事ぐらいしか与えられないと思うのですが」

「わたくしに、下女の仕事をしろと……？」

梅乃の顔に、今まで見せたことのない険が浮かんだ。

「まあ、わたしの姉ですから、離れでも造ってそこに住んでもらうことも可能です。一人くらい食い扶持《ぶち》が増えようと、なんでもありませんから。ですが、姉上はそれで平気ですか？」

「平気とは？」

「わたしに養われ、なんの仕事もせず、ただ一日を過ごすことになるのですよ。それでは本当の役立たずの居候ではないですか」

意図してきつい物言いをした空良だが、果たして梅乃の顔に、はっきりと憤怒の表情が現れた。

「それが姉上の望みならば、養ってやってもいいですよ」

「……随分上からの物言いをするのですね」

姉が怒りを持った低い声で、空良を咎める。

「そう言われましても、姉上とわたしでは、実際、立場が上なのはわたしだと思うのですが」

「わたくしのものでした」

燃えるような眼差しで、梅乃が言った。

「お前の今の立場は、本来はわたくしが得るべきものでした。それを我が物顔で、養ってやってもいいなどと、どの口が言う」

いつものおっとりとした風情などどこにもない、激しい怒りを抱えた梅乃が、空良に恨み言をぶつける。

「わたくしがどれほど苦労をしたのか、お前には分からない。突然家が没落し、婚家では酷い目に遭わされた。わたくしが苦しんでいるあいだに、お前は男嫁などともて囃《はや》され、のうのうと楽な暮らしをしているなんて。どうして許されると思うのです」

梅乃が自分の身に起こった不幸を嘆く。どうして自分だけが不幸なのだと、空良の幸福を呪うのだ。

同情すべき点はある。けれど梅乃こそ空良の苦労を知らないではないかと、怒りが沸いた。のうのうと暮らしてなどいなかった。

明日は死んでいるかもしれないという不安に梅乃は苛まれたことがあるというのか。

喉の渇きに耐えきれずに泥を啜り、空腹を満たすために雑草や虫を食べたことがあるのか。

伊久琵で梅乃に直接何かされたことはない。姉にとって弟の存在など、いないも同然だったからだ。

自分が不幸だからといって、どうして空良に不満をぶつけてくるのだろう。

空良が辛い目に遭っていたときには、何もしてくれなかったくせに。

──ああ、恨んでいたのだと、自分と同じ顔を持つ姉を見て思う。

不幸だとは思っていなかった。虐げられた生活に疑問を感じる暇などなかった。

けれどあれを乗り越えた今思い出せば、真っ黒な感情が腹の中で煮えている。

「わたくしのほうが相応《ふさわ》しい。あのお方の隣にいるべきなのはわたくしなのです。そう思うでしょう？」

「思いません」

空良の即答に、梅乃がハッと嘲《あざけ》るような笑い声を漏らした。「お前など子も産めないではないか」と言い捨てる顔は、華のように鮮やかで、傲慢《ごうまん》さに満ちていた。

「わたくしの身代わりで嫁いだのだから返してちょうだい。お互いに元の身分に戻ったほうが、幸せだと思うの」

無邪気さに毒を含ませて、梅乃が初めて自分の希望を述べている。

「姉上には無理ですよ。わたしの代わりは到底務まりません」

空良も負けずに言い返す。空良の立場は、そう簡単に誰もが務まるものではない。

「どうしてわたくしがあなたの代わりなど」

「する必要がないと？　姉上は日向埼のために自分が何をできるとお考えで？」

「それは……別にわたくしがする必要などないでしょう？　家臣たちがいるのだから」

「何もせずに城の奥に籠もっているだけですか？　それはわたしの身分を姉上に返したとは言えませんよ？　役立たずの姫など誰も望んでいませんし」

空良の断言に、梅乃の顔が歪《ゆが》んだ。

「わたくしは世継ぎを産めます」

「高虎さまは子などなくてもわたしがいいと言ってくれています」

「馬鹿《ばか》なことを」

「高虎さまが選んだのは、わたしという伴侶です。もしも六年前、隼瀬浦に嫁いだのが姉上だったら、婚姻は成立せずに、送り返されていたでしょう」

梅乃が黙った。「嘘よ……」と小さく呟き、握った拳が僅かに震えている。

「商いで毎日城下に下りて、何を感じました？　活気のある町だったでしょう？　港も倉庫街も、わたしと夫と、城の者たち全員で作り上げてきました」

自慢ではない。これは矜持だ。誰にも真似のできない、代わりなど絶対に務まらない、空良たちが作り上げてきた日向埼の領地なのだ。

民衆を牛耳っている三人衆を取り纏め、采配を振っているのは自分だ。味方につけばこの上なく頼りになる者たちだが、一旦敵に回れば非常に狡猾《こうかつ》で、領地全体が混乱する騒ぎになるだろう。

他にも造船を任せている元海賊の人たち、気性の荒い漁師や閉塞的な農民たち、隣の領地から逃げてきた流民たち。皆一筋縄ではいかない者ばかりだ。それらを纏め、導いていくのは、並大抵のことではない。

自分一人の力だとはもちろん思っていない。けれど、やり遂げてきたという自負は持っているのだ。

「姉上にはそれができますか？」

ここにくるまで、どれだけの苦労をしたことか。苦労を知らないなどと、お前が言うなという話だ。

「姉上には、わたしの身分を差し上げるわけにはいきません。それでもどうしても寄越せというなら、戦いましょう。受けて立ちます」

空良の宣戦布告に、梅乃は俯いたままこちらにチラリと視線を寄越し、溜息を吐いた。

「男のお前と戦って、わたくしに勝ち目などあるわけがないでしょう。酷い弟ですこと」

そう言って憎々しげに空良を睨《にら》むが、眼差しに力がない。

「故郷を追われ、婚家からも逃げだし、五條からも離れ、その上日向埼で居場所を得られなかったら、姉上は次にどこへ行くのです？」

意思を持たずに流されるままでいるから、今の暮らしに未練を持たないのだ。自分の居場所はここではないと、常に余所に目を向けているから、今いる場所を大切に思えない。

「……どうしても兵吉郎さんと別れたいのですか？　あんなに大切にしてもらっているのに。先ほども姉上の心情を汲んで、こうして話す機会を作ってくれたのでしょう？　あの方以上に姉上のことを思ってくださる御仁はいませんよ？」

「分かっているわ」

「分かっているのに、どうして自分からは大切にしないのです。辛く当たられているなんて、嘘なのでしょう？」

「……」

「兵吉郎さんは、姉上の望みを知っていて、姉上のために身を引こうとしているのですよ」

「……え？」

驚愕の表情を浮かべ、梅乃が顔を上げた。

「そんな。嘘でしょう？　あなた、兵吉郎に何を言ったの？」

「何も言いません。そんな暇がなかったのは、姉上が知っているではないですか。あれだけ姉上の意を汲むことに長《た》けている旦那さんですよ。姉上の考えなど、手に取るように分かるでしょう。自分を捨てて、ここに残りたいと思っていることなど、承知のことだと思います」

梅乃が激しく動揺している。

「どうしても兵吉郎さんと一緒にいるのが嫌なのですか?」

「嫌じゃないわ」

空良の声を遮るように、梅乃が言った。

「嫌なわけないわ。わたくしだって、兵吉郎がわたくしのためにいろいろと苦労をしているのに感謝しているもの。でも、まさか……全部、知って……」

梅乃は言葉を切り、深く項垂《うなだ》れてしまった。

「……羨ましいと思ったのよ」

長い沈黙のあと、梅乃がポツリと呟く。

「暮らしに満足していたわけではないわ。けど、以前の婚家に比べれば、よほど気が楽で、それでもいいと思うくらいには、大切にしてもらっていたのよ」

訥々《とつとつ》と、梅乃がこれまでの生活のことを話し始めた。先ほどまでの姫君らしい丁寧な口調は消えていて、気安いものに変わっている。

何不自由のない生活から転落し、気づけば商家の後妻として嫁がされていた。あれよあれよという間の出来事で、何も考えられなかったと梅乃は言った。

「前の家は酷くてね、みんな意地悪だった」

「姉上も負けていなかったそうですが」

空良の指摘に梅乃はムッとした表情になり、「やられっぱなしは悔しいじゃないの」と言ってのけた。

「わたくしだって、自分の立場を守るのに、努力をしようとしたのよ。ただ、あまりにも急激な生活の変化についていけなくて、どうすればいいのか分からなかった。だって、努力なんてしたことがないのだもの」

経験も知恵もなく、気づけば周りには悪意しかなかった。

「兵吉郎に救い出されて、やっと地獄から抜けられた。……地獄を作ったのは自分だと分かっているの。いろいろと方法を間違っていたという自覚はあるから」

兵吉郎との生活は、苦労はあったが、今度は努力をすることができた。周りを見習い、夫に支えられて、庶民の生活というものを学んでいった。

「わたくしって、美人でしょう?」

そう言って笑う顔は確かに美しく、空良は苦笑しながら「そうですね」と肯定するしかなかった。

「兵吉郎はわたくしに惚れきっていてね、本当にとても大切にしてくれるの」

愛されて尽くされる生活は悪くなく、幸せだと思える日々だったと。

「けれど、夫と一緒にここに来て、あなたの生活振りを見て、羨ましくなってしまったのよ」

縁談がきたとき、新興の小領地の、しかも嫡男でもない男が相手だと聞き、すぐに興味を失った。父も同じように思ったらしく、適当にあしらうから気にするなと言われ、本当に忘れていたのだ。

その後紆余曲折《うよきょくせつ》を経て、あるとき日向埼の噂を耳にした。領地は急激に発展し、領主は全国に知れ渡るほどの武将だという。それが、あのときの縁談相手だと知った。

訪ねてみれば、噂以上の発展振りに度肝を抜かれた。

謁見した城主は、恐ろしいほどの覇気を纏った美丈夫だった。そして城主の隣には、自分とそっくりな男が、我が物顔で座っている。

「わたくしが嫁ぐはずだったのに、どうして弟がその場所にいるんだろうと思った」

もしもあのとき縁談を受けていれば。

もしもあのとき身代わりなどやめておけと引き留めていたなら。

決して取り戻せない「もしも」の考えが、いくつも浮かんだ。

すべての選択を間違ってしまった自分の代わりに、もしもこちらを選んでいたならば、自分が座っていただろうその場所に、弟がいた。

羨ましくて、妬《ねた》ましくて、どうしても欲しくなった。元は自分のものなのだから、取り返せばいいと。

梅乃は自分の手を見つめ、そう告白した。

「一緒に城下に下りたとき、ちょっと驚いた。あなた、随分庶民に慕われているのね」

「ありがたいことです。皆さんとても気の好い方々ですよ」

梅乃は肩を竦める仕草をし、「そうね。無理だわね」と諦めたように言った。

「わたくしに空良のような真似は無理だわ。魚を担いで追い掛けてくるような人たちと、笑顔でお話なんかできないもの」

自分に空良の代わりは務まらない。かといって、城の離れに隔離され、役立たずの居候にもなりたくないと梅乃は言った。

「ここに残れないなら、兵吉郎と別れるのは嫌だわ」

「あちらが駄目ならこちらにするなどと、そんな都合のいい話はありません。人には心があるのです」

空良の冷たい声に、梅乃が途方にくれたような顔をする。

「だって、あの人ほどわたくしを大事にしてくれる人はいないのよ」

「それなら、ご本人に自分の気持ちをちゃんと伝え、誠心誠意、謝りなさい」

「……許してくれるかしら」

「姉上次第ですよ。姉上の性根の悪さを承知した上で、惚れてくれる御仁なのです。姉上が心から謝罪したら、きっと許してくれると思いますよ」

「あなたも随分いい性格をしているのね」

「姉上の弟ですから」

軽く睨まれ、空良も肩を竦めてみせた。

いつのまにか梅乃の口調は崩れており、美しい顔貌にはふてぶてしさが浮かんでいた。

本性を晒《さら》した梅乃は、菊七が言っていた通りの性悪で、けれど前に比べればよほど人情味がある。こちらのほうが好きだなと、未だに空良を睨んでいる顔を見て、そう思った。


夜の砂浜を高虎と並んで疾走する。

波の音が耳に心地好く、吹き抜ける風に乗って、自分まで飛んでいけそうだ。

愛馬の谷風《たにかぜ》も、久し振りの全力疾走に興奮しているようだ。或いは、空良の高揚に同調したのかもしれない。

隣を走る高虎も、遠乗りを存分に楽しんでいた。言葉を交わさなくとも、随喜の念が伝わってくる。

思う存分駆け回り、満足した二人は、砂浜に腰を下ろした。

月が上がっている。満月には少し足りないが、それでも充分に明るく、夜の海を照らしていた。

そういえば、ここ最近空を見上げた覚えがないことに気づいた。随分余裕のない生活をしていたのだと思い至る。

隣にいる高虎は、真っ直ぐ海に視線を向けていた。月の明かりに照らされて、波が煌《きら》めく様を眺めている。

「久し振りの遠乗りは楽しいですね」

「ああ、また来よう。ここしばらく忙しくて、少し余裕を失っていたようだ」

月を見て空良が思ったのと同じことを、波を見ながら高虎も思ったことが、わけもなく嬉しかった。

「芝居小屋で姉と何を話したのだ？」

あれから兵吉郎と梅乃は、魁傑たち護衛に連れられて、城に戻っていった。今頃は部屋で話しているだろうか。

「いろいろ話しました。姉は、やっぱりこの城に残ることを目論んでいました」

「穏便に済んだのか？」

高虎が空良のほうに顔を向け、心配そうに問う。

「喧嘩になりました」

空良の答えに高虎が目を見開く。

「今のわたしの身分は、本来は姉のものなので、返せと言われて断りました」

「向こうは素直に引いたのか？」

「いいえ。しぶとく迫られましたよ。すべて蹴散らしましたが」

「ほう」

空良は先ほどの芝居小屋での経緯を、高虎に話して聞かせた。

梅乃に自分の代わりなどできないこと。子などなくても高虎は自分を選ぶこと。下女か役立たずの居候としてなら置いてやってもいいと言ったら激昂されたこと。

高虎は空良の話を聞いて、声を上げて笑った。

「やるのう。流石俺の嫁様じゃ。強い、強い」

「他にもいろいろとぐちゃぐちゃ言っていました。でも、この身分はわたしのものなので、絶対に渡さない、それでも渡せというなら戦いましょうと言ったら、諦めました」

「勇ましいな。しかしそなたの姉も、相当な傑物だな」

「かなりのふてぶてしさでしたよ。よくまあ今まで隠していたものだと呆れました」

「辛かったか?」

隣に座ったまま、高虎が顔を覗いてくる。

「いいえ。むしろ清々《すがすが》しかったです。不思議なのですが、今日が一番、姉を身近に感じました」

お互いに剝《む》き出しの感情をぶつけ合い、そのせいで却って距離が縮まったような気がした。向こうもそう思ってくれていたなら嬉しい。たぶん思ってくれた。取り繕うことをやめた梅乃の表情も、清々しいものに変わっていたから。

「そうか。ならばよかった」

「はい」

返事をしながら、空良は高虎に身を寄せた。肩に頭を乗せて、身体を預ける。

「姉と話しているうちに、気づいたことがあります」

「なんだろう」

「わたしは姉を、父を、故郷の伊久琵を……恨んでいたようです」

自分の中に、ドロドロとした情念が溜《た》まっていたことを、あのときはっきりと自覚した。

いつから芽生えたのか分からない。けれどそれは間違いなく空良の中で育っていて、先ほど姉と対峙《たいじ》したときに、ドロリと湧き出てきたのだった。

「自分の中に、あのような醜《みにく》い心があったことに、衝撃を受けました。けれど見ない振りはしたくないと思ったのです」

「それでいい。人は誰しもそのような醜いものを内包している。俺とてそうだ。その心に逃げずに向き合うことを選んだそなたは、素晴らしいと思う」

「こんな醜いわたしでも、旦那さまはお側に置いてくださいますか？」

以前高虎は、汚れのない無垢《むく》な心根を持つ空良を、希有《けう》な存在だと言ってくれた。悪辣《あくらつ》な環境に置かれて尚、恨みも怒りも抱かない空良を愛しいとも。

今の空良の心根は、すでに無垢ではなくなった。黒く醜い感情が心の奥底にあることを認めてしまったのだ。

それでも、空良は高虎の側にいたい。愛し、愛され続けたいと願う。

「こんな空良でも、愛しいと想ってくださいますか……？」

不安と恐れを抱きながら、それでも愛してほしいと哀願する。

高虎はそんな空良を真摯《しんし》な瞳で見つめ返し、それからふわりと笑みを零した。

「当たり前ではないか。俺はどんなときでも、どんな空良でも、いつだって愛しく想っているのだから。それに、空良は醜くなどないぞ。今だって清い心を持っているのを、俺は知っている。やはりそなたは、希有な存在じゃ」

高虎の言葉を聞き、空良は安堵で力が抜けてしまった。くったりと寄りかかる空良の身体を高虎の腕が支え、力強く引き寄せる。

「旦那さま」

「なんだ？」

「口づけを」

すぐ側に見える高虎の顔を見上げ、自分からそれをねだる。長い指が空良の顎を捉え、引かれると同時に唇が下りてきた。柔らかく重なり、軽く吸われる。

「ん……」

随分久し振りの感触を味わいながら、幸福感に浸った。

誰にも渡さない。これはわたしのものだと、飢餓にも似たこの感情は、きっと独占欲だ。

姉に寄越せと言われ、奪われてなるものかと強く思った。これもまた、今までには見つけられなかった自分の本心だった。

姉との邂逅が、空良にたくさんの新しい感情を芽生えさせた。菊七に教えられたほうろく玉が、今になって突然空良の中に生まれたのも、姉と出会ったことがきっかけとなったのかもしれない。

「旦那さま」

「なんだ？」

すぐ側で聞こえる夫の声が、甘く優しい。

「いつか、空良は旦那さまに酷いことを言ってしまったでしょう？」

「そんなことはあったかな」

声はとぼけているが、高虎はきっと忘れていない。何故ならあのとき、高虎はとてつもなく傷ついただろうから。

あのときの空気が凍《い》てついた瞬間を、空良も忘れていない。たぶんこれからも一生、忘れることはないだろう。

「後悔したのです。あのとき謝って、旦那さまはすぐに許してくださいましたが、許された気がしなくて、苦しくて辛くて、いっそ死んでしまいたいと思いました」

「それほどまでに思い詰めていたのか。もっとちゃんと伝えればよかった。空良、俺こそ悪

かった」

「いいえ。わたしが勝手に思い込んで、勝手に苦しんでいたのです。苦しい胸の内を打ち明けていれば、もっと早くに抜け出せていたものを、徒《いたずら》に長引かせてしまいました」

高虎の胸に凭《もた》れたまま、あのときの慚愧《ざんき》の思いを高虎に語る。

「旦那さま、あのときは本当に申し訳ございませんでした」

夫婦といえど他人だなどと、言ってはいけない言葉だった。空良の再度の謝罪を、高虎は柔らかく受け止める。

「謝罪はすでに受け取った。あれで終わったのだ。俺は本当に気にしていない」

「それは……嘘ですよね」

あのあと数日は引き摺《ず》っていたのは、勘違いではないと思う。それほど深く高虎を傷つけてしまったのだと思うと、やはり胸が苦しい。

空良の指摘に高虎は一瞬怯んだ顔をして、それから苦笑いを浮かべた。「そなたには敵《かな》わぬ」と言い、再び触れるだけの口づけを落としてくる。

「正直に言うと、少し、ほんの少しだぞ？　くるものがあった。そして考えた」

「何をですか？」

肩に回された高虎の手を取り、自分の指を絡めながら、話の続きを聞いた。

「夫婦というのは、所詮他人だ」

「旦那さま……」

その言葉に衝撃を受けて、高虎の手をギュッと握る。

「他人だからこそ、相手の気持ちを慮《おもんぱか》り、何を思っているのか、常に考えなければならないのだと、そう思ったのだ」

たとえ血の繋がった家族であっても、すべてを理解できるかといえば、それは無理だ。ましてや夫婦にはその繋がりはない。だからこそ、より相手を思いやり、理解しようとする努力が必要なのだと、高虎が言った。

「夫婦だというだけで、その事実に胡座《あぐら》をかいていた。見守ってやっているという奢《おご》りがあったのだと思う。空良のことを何でも分かっているつもりになっていた。だから空良、隠さずなんでも俺に聞かせてくれ」

空良の手を握り返し、高虎が言った。

「お前を理解したい。悲しい思いなど微塵もさせたくない」

嫌なことがあれば叱ってほしい。分かっていないと感じたら、それを伝えてくれと、高虎が空良に求めてきた。

「旦那さまは、いつでも空良の心情を汲み取ろうとしてくださり、理解してくださっていますよ」

梅乃が訪ねてきたときもそうだった。空良を気遣い、辛抱強く空良の気持ちを聞き出してくれた。それは出会ったときから少しも変わらない。

「いいや。まだ足りない」

それなのに高虎はそう言って、もっと知りたい、教えてくれと、懇願する。

「分からないことが一番恐ろしいのだ」

相手の気持ちをすべて理解することなど無理だろう。それでもできうる限り理解し、また己を理解してほしいのだと、高虎が言った。

「そうですね。では、打ち明けます。……旦那さま」

「なんだ？」

「旦那さまが好きです」

だから空良は、そんな高虎に応えるために、自分の胸の内を告白する。

高虎の表情が柔らかく解けていく。

「ああ、俺も空良が好きだ」

「軽はずみな言葉を吐いてしまって、旦那さまを傷つけてしまい」

「傷ついてなどおらぬ」

「嘘は駄目ですよ。隠されると、本心が見えなくて、不安になります」

「そうか。そうだな。……あのときは少し傷ついた」

「ごめんなさい」

「ほんの少しだぞ？　もう気にしていない」

空良に握られたままの手を引き寄せて、高虎が指先に唇を押しつける。

「あのあと、旦那さまがよそよそしくなって」

「済まなかった」

「愛想を尽かされたのではないかと……」

「そんなことはない。あり得ない」

否定の言葉と共に、空良を包む手に力が籠もる。

「この世の終わりかと思いました」

悲しくて、恐ろしかった。もうあんな思いは二度としたくない。

「空良……」

手を握っていないほうの腕が、空良の頭を抱いた。優しくそっと、慰めるように、髪を撫でてくれる。

されるままに任せ、それからもう一度口づけをねだった。

波の音を遠くに聞きながら、すぐそばでも水音がする。

「わたしも旦那さまを、今よりももっと理解したいです。なので、旦那さまも空良にいろいろと教えてください」

「ああ、分かった」

砂浜の上で身を寄せ合いながら、いろいろなことを話した。

嬉しかったこと、腹が立ったこと、他愛のないことでも、空良はなんでも話し、そして高虎の話に聴き入った。

「ここ最近、すれ違いが多く、もしかしたら避けられているのではないかと疑念を抱いたり」

「それは違う。本当に忙しかったのだ」

「ええ。分かっていいます。わたしもつい悲観的に考え過ぎてしまったのだと思います。なので、自分から会いにいこうと、鍛錬所まで行きました」

「ああ、そうだったな。あのときは嬉しかった。そなたが随分積極的でのう」

「だいたい、旦那さまは空良を甘やかし過ぎなのです。だから増長してしまうのですよ」

「甘やかしたいのだから仕方あるまい。もっと甘えてくれればいいのにと、そこが不満だ」

「……努力します」

甘えるのに努力がいるのかと高虎が呆れ、今でも充分甘えている、これ以上は無理だと空良が訴える。「無理ではない」「無理です」とどちらも引かず、やがて互いに笑い合い、引き分けとなった。そのあいだも高虎の手は、ずっと空良の髪を撫で続けていた。

「俺もあの頃、そなたにどう接すればいいのかと、実は悩んでいた。結局は時間が解決してくれるだろうと思い、静観を決め込んだのものだが」

空良が高虎の様子を窺い、遠巻きにしているあいだ、高虎もそんな空良の態度に戸惑い、様子を見ていたのだ。

「あの頃のそなたは、いつになく気が昂ぶっていただろう。姉のことがあったから、そのせいかと思ったのだが、それだけではないようにも思えたのだ。事情があったのなら聞かせてほしい」

「ああ、それはほうろく玉のせいだったのです」

「ん？　ほうろく玉がどうかしたのか？」

「菊七さんに教わりました。厄介ですが、なんとか付き合っていこうと奮闘中なのです」

「菊七が？　ちょっと待て、誰と付き合う話だ？　ほうろく玉とどう関係するのだ？」

「わたしもやっと『つ』が取れたのだそうですよ」

「まったく分からん。空良、頼むから分かるように説明してくれ」

春の終わりの夜の浜辺で、二人は夫婦の語らいを、長いあいだ楽しんだのだった。

梅乃夫婦の出立の日は、雲ひとつない青空が広がる、旅立ちに相応しい晴天だった。

二人を見送るために、空良も城門までついていった。高虎までもが忙しい時間の合間を縫って、付き添ってくれている。

領主夫婦自らの見送りに、兵吉郎は気の毒なまでに恐縮していたが、隣にいる梅乃は、見送られるのは当然だというように、堂々としていた。

兵吉郎は大きなつづらを背負っている。日向埼で仕入れた品々を、五條の店で売るのだ。五條では手に入らないような珍しい品もあるようで、商いの見通しは明るい。背負いきれない荷物は馬に積んである。

この馬も空良からの贈り物だった。空良たちが乗る駿馬《しゅんめ》とは違い、馬体は小さめだが馬力と持久力のある馬だ。

「過分なほどのおもてなしを受けた上、このように馬まで頂いて、まことにありがたいことです。これで旅が随分と楽になります。ご恩情に感謝いたします」

庶民が個人で馬を持つのは大変贅沢なことなので、兵吉郎はひっくり返るほど驚きながらも、たいそうな喜びようだ。そんな兵吉郎を目を細めて見つめる梅乃も、とても嬉しそうだ。

それでも「馬なんて、世話が大変じゃないの」と空良に向けて渋い顔を作ってみせる。素直に礼は言いたくないらしい。

「馬がいればこれから五條と日向埼を行き来するのに、うんと楽になるでしょう。それに、世話といっても、姉上がするわけでもあるまいし」

「まあ。決めつけないでいただきたいわ」

「だってできないでしょう?」

「できるわよ。馬の世話くらい」

「簡単に言わないでください。飼い葉を与えるだけでは駄目なのですよ？　身体を拭いてあげたり、寝藁《ねわら》を換えたり、たまには駆けさせてあげないといけないし、大変な重労働なんですからね」

「そうなの？」

「そうです。はじめのうちはきちんと人を雇って教えを請うなりして、覚えたらいいです」

旅のあいだの簡単な世話の方法や注意点などを書きつけた紙を渡し、説明する。

「もし手に余るようなら、向こうに着いてから売ってもいいし」

「そんな勿体《もったい》ない。嫌よ。売らないわ」

「なら、せいぜい世話を学んでください。生き物なのですからね。大事にしてくださいね」

「口うるさい弟だこと」

「口うるさくしないと馬が可哀想なことになりそうなので。繊細なのですよ、馬は」

「まあ。まるでわたくしが繊細ではないように聞こえるのだけど」

「驚きました。勘が鋭くていらっしゃる」

「……本当に可愛くない」

「梅乃、世話なら私がするから」

空良と梅乃の嫌味の言い合いに、兵吉郎が慌てた様子で割って入ってくる。

「馬の扱いなら、あなたよりわたくしのほうが少しは慣れているの。世話ぐらいするわ。させてちょうだい」

空良から渡された紙をしっかり胸に抱きながら、梅乃が夫に訴えている。

「そうか。それなら頼もうかな」

昨夜の話し合いは、どうやら上手くいったようだ。二人は昨日までよりずっと睦まじい様子で寄り添っていた。

梅乃は取り繕うのをすっかりやめ、常に高飛車な態度だ。しかし兵吉郎はそんな梅乃も可愛らしいらしく、実に嬉しそうに梅乃の尻に敷かれている。お似合いの二人である。

高虎は空良と梅乃との辛辣なやり取りを、面白そうに眺めていた。時々「くっ」と喉を詰める音が隣から聞こえてくる。

別れのときが近づいてきて、梅乃が宣言通り、馬の手綱《たづな》を引き、兵吉郎がその隣に並んだ。

「兵吉郎さん、商売で来るときは、こちらに顔を出してくださいね」

「へえ。大変お世話になりました。そう遠くないうちに、また仕入れに参ります」

「姉上もお気をつけて。またいらしてください。待っています」

梅乃は空良の言葉の真意を確かめるように、目を細めてじっと見つめる。疑い深い梅乃の態度に苦笑が漏れた。

「少しは素直に人の話を聞くといいですよ」

「だってあなた、捻くれているもの」

「姉上に対してだけです」

空良がそう言うと、今度は梅乃が苦笑した。

「本当に待っています。姉上に会えて、嬉しかったです」

梅乃は手綱を握り直し、「わたくしも」と、言ってくれた。馬に顔を向けたままなのが梅乃らしい。

「お魚がとても美味しかった。また食べたいから来てあげる」

「旬のものを用意してお待ちしております」

「楽しみにしているわ。それから、この着物、ありがとう。とても気に入っているの」

空良が贈った梅の図柄の小袖をそっと摘まみ、梅乃が笑った。傲慢で性悪の姉だが、笑顔はやはり美しい。

「とても似合っていますよ」

空良の褒め言葉に、梅乃は悪びれもせずに「そうでしょう」と肯定するのに笑ってしまう。

馬の手綱を握ったまま、大変美しい礼をして、梅乃は夫と去っていった。

去り際に、父に文を送ってみるという言葉を残して。

二人の姿が見えなくなるまで見送っている空良の肩を、高虎が抱いた。

「行ってしまったな」

「はい。行ってしまいました」

「寂しいか?」

高虎の問いに、ゆっくり頷く。

「寂しいです」

本当は引き留めたかった。

梅乃が謝っても、兵吉郎が許さなければいいと思った。そうしたら、行く当てのない姉をここに留め、ずっと一緒にいられたのに。

「丸く収まってよかったのでしょうが……少しばかり残念です」

姉や菊七のことを責められない。自分もかなり性悪だ。

高飛車で文句ばかり言う姉だけれど、魅力的で、憎めない人だった。きっと姉も、空良に対し、似たような感情を抱いてくれていると思う。

肉親の情は、確かに二人のあいだに存在した。そう思いたい。

「そう寂しがるな。きっとすぐにでも会える」

「そうですね」

「そのときまた姉弟喧嘩をすればいい」

仲の良い姉弟だな、という言葉を聞いたら、急に目の前の景色が滲《にじ》んでしまい、空良はしばらくその場から動けなくなってしまった。

梅乃たちを見送ったあと、それぞれの仕事に戻り、夕方過ぎに奥座敷に戻ってきた。晩酌を兼ねた夕餉をいただき、それから寝所に移動した。寝入るにはまだ早い時刻だが、ここ最近お互いに忙しなかったので、今日は早くに休むことにしたのだ。

高虎の腕を枕にしてピッタリと寄り添い、語らいを楽しんでいた。一緒にいる時間が長くても、話題は尽きない。

「それにしても、今日は面白いものを見せてもらった。嫌味の応酬をする空良など、初めて見たからな」

「姉上が悪いのです。なんでも嫌味に捉えて、攻撃してくるのですから」

「そなたも大概負けていなかったぞ」

見送りのときの姉弟のやり取りを思い出したのか、高虎がクックッと身体を震わせている。

「沢村も驚いていたな。『あのようにポンポンと遠慮のない物言いをなさる方でしたか』と言っていたぞ」

「姉に対してだけです」

「他の者にもどんどん遠慮のう言ってやれ。魁傑などは、あの調子で叱られたりしたら、たいそう喜ぶだろう」

「あまり喜ばせたくありませんね。菊七さんに逐一報告して、芝居の種にされそうです」

空良の警戒の声に、高虎は仰向けになったまま、豪快な笑い声を上げた。

「空良も強くなったのう。頼もしい限りじゃ」

笑いを引き摺りながら、高虎が言った。

「もともと芯の強い質であったが、ようやくその強さが表に出てきたな」

菊七にも変わったと言われた。先日の高虎との諍いも、以前の空良なら起こさなかっただろう。

「良いことでしょうか」

「ああ。良い変化じゃ。これからもどんどん新しい空良を、俺に見せてくれ」

自分の腕の上にある空良の頭を少々乱暴な仕草で撫でながら高虎が言った。

「やはりほうろく玉のお蔭かの。お前のほうろく玉は、まことに良い働きをしてくれる」

昨夜浜辺で説明したほうろく玉の話を、高虎はたいそう気に入り、そして納得もしたようだった。高虎から見ても、空良の荒ぶる様は、まさしくほうろく玉だと言って何度も頷いていた。

「旦那さまにもそういう時期がありましたか？　ほうろく玉に翻弄《ほんろう》されて、悩んだりしました？」

高虎は天井を見上げしばし思案する素振りをし、「ああ、あったな」と、懐かしそうに目を細めた。

「わけもなく腹が立って、親父殿に挑みかかり、雪の積もった庭に投げ飛ばされたな」

その話は、以前聞いたことがある。そうか、あれはほうろく玉が起こした事柄だったのかと、空良も納得した。

そういえば、いつか次郎丸も空良の前で爆発したように泣いたことがあった。あのとき次郎丸はちょうど十歳を過ぎた頃合いだった。なるほど、菊七が言っていたように、ほうろく玉は誰の中にも生まれるのだなと、安心する。

「魁傑も、沢村も、桂木もそのような時期が訪れたのでしょうか。桂木などは想像もつきませんが」

ほうろく玉に翻弄されて荒ぶる桂木を想像しようとしたが、上手く思い浮かべることができない。

「しかし『つ』が取れると大人の準備が始まるとは、俺もその話は知らなんだ。だが、なかなか核心を突いておる。言い得て妙だな」

「わたしは『つ』が取れたばかりらしいですよ。成長が遅過ぎて、恥ずかしい限りです」

「そなたの来し方を思えば、それも仕方のないことだ」

十六になるまで、ほとんど人と接したことのなかった空良だ。高虎に出会い、その後もたくさんの人々と触れあい、経験を重ねた結果、遅ればせながら成長を遂げたのだろう。

「おめでとうと、俺も言祝ごう」

二人で横になったまま、祝いの言葉をもらい、礼を言った。頭を乗せた腕で引き寄せられ、こめかみに口づけをもらう。

「……そうなると、俺は幼気な子であった空良に無体を働いたことになるな。これは由々しきことじゃ」

深刻そうな声を出し、高虎がそんなことを言い出した。

「しかし、これからはそなたも大人になったのだから、存分に無体なことをできるというわけか」

「……どちらにしろ、無体なことをなさるおつもりなのは分かりました」

空良の切り返しに、高虎が再び大声で笑い、空良を抱き込む。

「ほんに、そなたは賢しくて可愛らしい。まっこと愛《う》いやつじゃ」

そう言って抱き込んだ腕に力を込め、ゆらゆらと揺すった。

こめかみにあたった唇が、頬、口の横へと移動してくる。空良も顔を上向かせ、自分から合わさりにいった。

「ん……」

軽く押しつけ、次には口を開き、高虎の舌を招き入れる。ぬらりと入ってきた舌が、空良のそれと絡み合い、お互いの唾液《だえき》が溶け合った。

髪を撫でられ、耳を擽《くすぐ》られる。

「空良。よいか……？」

律儀に窺いを立てるのは、以前空良が拒絶したためだろう。あのあと強引に押し入られ、空良も流されてしまったが、あのときも高虎を少なからず傷つけてしまったのだと思う。

こちらを覗き込んでいる瞳に微笑みかけ、自ら口づけを与えることで、了承の意を伝えた。

空良の横に寄り添った高虎が、空良の帯を解いていく。襟元を開き、肌を露《あら》わにさせると、一旦起き上がり、自らも脱いでいった。

空良を見下ろしながら、見せつけるようにして身体を晒していく。硬く逞しい身体は、同時にとても艶《なま》めかしい。早くその身体と重なり合いたくて、はしたなく喉が鳴った。そんな空良を見た高虎が、うっそりと笑みを浮かべる。

待ちきれずに腕を伸ばすと、高虎の身体が下りてきた。空良の上に被《かぶ》さり、口づけを落としてくる。太い首にぶら下がるように腕を巻き付け、空良からも迎えにいく。絡め合い、吸われ、軽く触れては、再び深く重ね合った。

掌が肌の上を滑り、胸芽を摘ままれ揺さぶられた。痛痒《いたがゆ》い刺激に、小さく声が上がる。

「ぁ……ん、く、あ、あ……」

指で乳首を可愛がりながら、高虎の身体が更に下りていく。胸から腹、そして下腹部へと唇が滑っていき、最後に空良の雄芯へと辿《たど》り着いた。

「っ、あっ、は……、あ、はあ、は……っあ」

先端を唇で挟みながら、舌先がぬるぬると行き来している。たまらず腰を浮かせて更に奥へと受け容れようとした。それなのに高虎は焦《じ》らすようにそこから離れ、今度は別の場所を愛撫し始めた。

茎に沿って舌を這《は》わせ、裏の付け根の辺りを吸っている。新しい刺激に直ぐに反応し、大きく足が開いていく。チロチロと茎を舐《な》め上げられ、再び先端を弄《いじ》られる。次から次へと新たな刺激を与えられ、翻弄された。

「旦那さま……ああ、旦那さまぁ……ぁあ、ん、そこ、ぁ、んぅ、ん……」

好きな場所を弄られて声を上げたら、そこをたくさん触ってくれるのが分かり、必死になってそれを伝えた。

「ここが良いのか？」

「ぅ、ん、……そこ、いい、……ぁあ、ん、は……」

「どこをどうされるのがよい？　言ってみろ」

「や……」

「その通りにしてやる。ほら、言え」

答えられなくていやいやと首を振ったが、高虎は許してくれなかった。

「言え。空良。もう大人になったのだろう？　自分の意見を言うべきだ」

それは違うと抗議をしたいが、さわさわと促すように肌を撫でられて、ついそちらへ意識を持っていかれてしまう。

指で抉られるのがいいのか、舌で舐られたいかと、答えを促された。

「……お、口でしてほし……ぃ」

「どの辺りを？」

「あ、の……先のと、こ……っ、ひ、ぁ……あ、あ」

「ここか？」

チュプ、と吸い付かれ、舌先で撫でてもらう。ちゅ、ちゅ、と先端に口づけられると、その度に腰が跳ね上がった。

「旦那さ、ま……ここも……ここも、触……って、ほし……」

自ら指を這わせ裏の筋を撫でる。咥《くわ》えられながらその部分を弄られるのが好きだと、正直に伝えた。

高虎は空良の要望を聞き、その通りにしてくれる。

「ああ、こうされるのが好きなのか。ほら、どんどん濡れてくる」

高虎に指摘された通り、空良の若茎の先端からは、たらたらと間断なく蜜液が溢れてくる。

高虎の指がそれを掬《すく》い、濡れた指先を空良の後孔へと移動させていった。

「後ろを解しながら、口で愛撫してやろうか？」

すりすりと指先で後ろを撫でながら、高虎が聞いた。

「そんな……こと」

恥ずかしいと答える前に、ツプリとそれが入ってくる。

「はっ、ああ、んんぅ、……く」

油断した隙《すき》に中をこじ開けられ、言葉が途切れた。

「されたいか？　空良」

グチュグチュと中を掻き回しながら、高虎が問うた。後ろの刺激に気をとられながら、コクコクと素直に頷く。

「してほし……、後ろ弄られ……っあ、ぁん、ながら、前も……、舐め……て」

空良の言葉に満足したように高虎が微笑み、再び大きな身体が下りていった。

空良の足のあいだを陣取り、指を後孔に突き入れながら、高虎が空良の雄芯を咥えた。口《こう》腔《こう》の奥深くまで呑み込みながら、舌で舐め回す。後ろでは二本に増やされた指が中を行き来していた。

「……っ、ああっ、あああっ」

前と後ろの両方から刺激され、大きな声が上がる。膝を曲げた状態で大きく足を広げ、執拗な愛撫を施されながら、自らも身体を揺らして快感を貪《むさぼ》る。

自分の嬌声に混じり、下から水音がする。高虎の唾液と、空良の愛液が混ざり合った音だと分かり、頭の中が煮えたように熱くなる。

良くて、良くて、おかしくなりそうだ。

「空良、ほしいか……？」

やがて愛撫を終えた高虎が、空良に聞いた。

「ほしい、ほしい、旦那さまが……ほしくて、もう、おかしくなりそう……」

空良の答えに満足したように高虎が笑った。

身体を起こした高虎に誘導され、褥の上で横向きになる。背中についた高虎に片足を持ち上げられ、後ろから挿入された。

「ああ……」

充分に解された空良の後孔は、高虎の猛《たけ》った雄茎を容易く呑み込んでいく。新たな快感を得ると同時に後ろから抱擁《ほうよう》された安堵感に大きく溜息を吐いたら、次には力強く持ち上げられ、高虎の上に乗せられた。

「んあ、……ぁ、ん、あっ、あっ」

気づけば仰向けになった高虎の上に背中を預けたまま、貫かれていた。高虎の膝に空良の膝が押し広げられ、そのまま突き上げられた。後ろから回ってきた腕で、再び中心を握られる。律動と同時に激しく扱かれ、再び高虎の手が愛液まみれになっていった。

「んん、ぅんぁああ、ああ、ああっ……あ」

太い楔《くさび》が空良を貫き、前では艶めかしく手が蠢《うごめ》いている。茎を扱かれ、親指で先端を抉られた。別の手が乳首を摘まみ、左右に揺さぶっている。後孔には高虎が根元まで入り込み、腰を激しく前後させている。

「ああっ、あ、あっ、あっ、ふぁ……ぁあ、ん、ああっ……」

同時に複数の場所を刺激され、口が閉じられない。

激流のような快楽に泣き声を上げながら奔弄されていると、手首を掴まれ、自分の雄を握るように誘導された。

「……自分でできるな?」

そうしておいて、高虎は空良の腰を両手で摑み、更に激しい突き上げを始めた。

「ふ、ぅん、……は、はぁ、ああ、ぁあん、あん、……っ、あ、んん」

高虎に命じられた通りに、自分の雄茎を握り、激しく上下させながら、腰を揺らした。空いた片方の手が自分の乳首を弄っている。

グチュグチュと卑猥《ひわい》な音がどこもかしこからも聞こえてくる。耳元では高虎が荒い息を吐き、空良のうなじに嚙みついた。

「ああ、空良……、ああ、良いぞ……っ、はっ、はっ、く……ぅ」

「いい、……ぃいい、旦那、さま、……ぁあ、ああ、……ああ」

互いに耽溺《たんでき》し、声が重なる。

「ああっ、空良……ああ、あああああ」

絶叫を放ち、高虎が果てた。

気がつけば空良の腹は精にまみれ、しとどに濡れていた。何度も絶頂を迎え、その度に引き戻され、再び快楽に浸っていたのだ。

果てたはずの高虎は、ゆっくりとした動きに変わっていたが、中に埋めた肉棒は、まだ力を失っていない。

「空良……」

やがて高虎が再び律動を開始する。

「空良」

夫の呼び掛けに甘い溜息で応えながら、空良も何度目かの愉悦の波に、身を委ねていった。


夏空の下、城の台盤所の裏手の庭に、普段では見られない顔ぶれが集まっていた。

高虎と空良、魁傑をはじめとした家臣たちが十数名。

城主はもちろんのこと、家人も滅多に足を運ばない場所に、皆が集結している。

城住みの者の他に、城下の三人衆とその配下の者が幾人か、造船の頭領をしている海賊上がりのザンビーノの姿もある。

そしてなぜかその中に菊七もいた。彼は特に呼んでいないのだが、噂を聞きつけて自主的に推参したらしい。

「だってよ、美味いもん食うんだろ？　そりゃ呼ばれなくても来るってもんだ。つか、呼べよな、気のきかねぇ……」

ゴンッ、という音がして声が途切れた。威勢よく喋っていた菊七は、頭を抑えてしゃがみ込んでいる。菊七の前には鬼のような顔をした魁傑が拳を握っていた。

「殿の御前であるぞ。少しは弁えろ。この馬鹿者がっ！」

「その殿の前で暴力振るってるあんたはなんなんだよ」

芝居小屋の興行があるので忙しいだろうと声を掛けなかったのだが、失敗した。どうせなら座長も呼べばよかった。彼らは全国を行脚し、様々な料理を食しているので、参考になったかもしれない。

「これは無礼者に対する正統な成敗だ。敬意を払えないならば速やかに帰れ」

「やだね。せっかく来たんだし、美味いもん食うまで帰らない」

本日は、魚介類の加工品の試作を集め、皆で試食をしようという目論見で集まった。また、食料品を少しでも速く運ぶための船の設計についてなどを相談するため、ザンビーノにも来てもらったのだ。

「だいたいなんで呼んでくれねえんだよ。仲間外れはよくないぞ」

「仲間ではないからな！」

酷え！　と叫んだ菊七が、炭を運んでいた捨て吉に泣きついた。

「なあ、捨て吉も酷えと思うだろ？」

「よく分からない。けども、菊七さんの礼儀は酷いとおれも思う」

「なんだよ。お前は俺の弟分だろ？　味方しろよ」

「その菊七さんの兄貴が魁傑さまなんだろ？　ならおれは魁傑さまの味方をする。魁傑さまは優しいし」

「こんな鬼瓦《おにがわら》みたいな面して人を殴り倒すやつの、どこが優しいんだよ」

「貴様。そこへ直れ！」

「やなこった！」

魁傑が再び拳を振り上げ、菊七が頭を庇いながら逃げ退る。

「七輪に火は入ったね。じゃあ捨て吉、食材を運んできてくれるかい？」

魁傑と菊七のじゃれ合いは放っておいて、空良は下働きの者たちへ試食のための準備を指示した。空良の号令で皆が立ち働き始めると、魁傑は何もなかったように高虎の側に戻り、菊七は七輪に一番近い場所を陣取った。

獲った魚を塩水に漬けて干したもの、煙で燻《いぶ》した燻製《くんせい》という製法を使ったもの、内臓を取って糠床《ぬかどこ》に漬けたものなど、様々な加工品が並べられた。

それらを複数用意した七輪の上に載せ、焼き上がったものをそれぞれに配る。皆、興味津津といった様子で口に入れた。

「これはちょっと塩辛いですな。塩抜きをしないと食えたもんじゃない」

「しかしそれでは風味が落ちませんか？　塩の濃度を緩めてみては」

「それだと今度は日持ちが悪くなる。塩梅が難しいですな」

「野菜のぬか漬けはよく食べるが、魚をこんなふうにして食べるのは初めてだ。なんというか、不思議な風合いだ」

「こちらの干して裂いたものも、塩はきついですが、酒に合いそうでござる」

「うーん、酒の肴なら、手前は膾《なます》のほうが好きですな」

「それは拙者もそうだが、酢で締めたところで、持ってもせいぜい二日ですからなあ」

皿を交換したりして、それぞれ感想を言い合っている。好評のものもあるが、総じて点は辛《から》い。

「刺身や煮付け、塩焼きなどで味わうのが、やはり一番ですな。どれもこれも今ひとつといった具合で」

すぐ側に海があり、新鮮な魚をいつでも食すことのできる贅沢な舌の持ち主たちだ。加工品に対する感想は、どうしても厳しくなる。特に海の元締めである孫次は、一番辛辣だ。

「まだまだ検討しないと駄目ですね」

芳しくない感想に空良が溜息を吐くと、孫次たち三人衆が慌てたように褒め始める。

「いや、このぬか漬けなどはいいお味ですよ」

「んだ、んだ。真夏でなければ半年は持つというし、いいんではないでしょうか」

「こっちも塩辛いといっても大量に食べなければいけますよ。日持ちという点では充分ではないかと」

「お追従はいりません。忌憚ない意見を伺いたくて、皆に集まっていただいたのですから」

急に掌を返した孫次たちをちらりと睨む。

「日持ちしても不味《まず》いのでは意味がないではないですか。これらが日向埼の特産品だと、胸を張って言えますか?」

空良の追求に、三人衆が自分の皿に目を落として難しい顔を作った。

「もう少し検討して、他の方法も探しましょう」

干したり燻したりすることで、風味が増す食材もあるのだ。

「獲れたてが一番なのは分かりますが、それに拘らないで、もっと柔らかい頭で考えてください。特に孫次、海のことに関しては、あなたが一番詳しいのです。皆を先導してより良い案を捻り出してください。期待していますよ」

それからは、城の者も庶民も関係なく、意見が飛び交うことになる。空良も高虎や魁傑と一緒に、どうしたら味と日持ちを両立できるのかを話し合った。

「小魚を油に漬けるという話を聞いたことがあります。年単位で保存がきくそうですよ」

「ほう。やってみるか」

「ああ、アレ、めちゃくちゃ臭いデス。三軒離れた家でも逃げていくっていうくらい」

「そうなのですか？」

「好きな人は好きデスネー。ザビさんは逃げるほうデス」

ザンビーノが綺麗な顔をくしゃくしゃに歪めてそう言った。相当な匂いであるらしい。

空良たちのすぐ側では、菊七と捨て吉が鱈《たら》をみりん干しにして裂いたものをもしゃもしゃと食べている。

「捨て吉、どうだ？　美味いかい？」

「うん。うまい。でも喉が渇く」

下人に水を運ばせ捨て吉に手渡すと、隣の菊七も手を出した。

「俺にも水くれよ、つうか、酒出ねえの？」

「こらっ！　お前はまた空良殿にそういう口を利いて！」

「だってよ、お呼ばれしたなら、酒ぐらい振る舞うもんだろ？」

「お前は呼んでないからお前にだけは振る舞わない」

「ケチ！」

魁傑が再び拳を振り上げ、じゃれ合いが始まりそうになったので、手を上げて制する。

「火の側でやめなさい。捨て吉に火傷《やけど》を負わせたら承知しませんよ」

魁傑が「はっ」と膝をつき、菊七に「怒られてやんの」とからかわれ、庭の隅に連れていった。火のない場所で続きをやるらしい。

他の者たちは、引き続き日向埼の特産品について、尚も話し合っている。先ほど試食について感想を言っていたときとは顔つきが違うので、そのうち良い案が出るかもしれない。

食に関しては、庶民のほうが貪欲で、様々な工夫を凝らし、膳を豊かにすることに長けている。去年初めて開催された祭りでも、城では見かけない料理の屋台が数多く出ていて、驚いたものだ。

「そんなに生の魚に拘るんなら、いっそタライにでも海水を入れて、生きたまま運べばいいんじゃないか？　船を生《い》け簀《す》のようにしてよ」

不意に菊七の声が聞こえ、それを聞いたザンビーノがもの凄い勢いでそちらへ駆けていった。それからは孫次や沢村たちも集まって、喧々囂々《けんけんごうごう》となる。

高虎と空良は顔を見合わせ、同時に頷いた。これは真剣に話を詰めなければならない案件だ。明日からまた忙しくなるだろう。

「せっかく皆が集まったのだ。菊七の意見をとるのは癪だが、酒を振る舞うか」

「そうですね。皆喜びましょう。ですが、騒がしくなりますよ？」

孫次たち三人衆だけなら、酒が入っても多少は弁えた行動が取れるだろうが、今日は他にも数人配下の者がおり、ザンビーノも菊七もいるのだ。気安い仲なのもあり、無礼講の領域

を越えてしまうのではないかと、少々心配になる。

「なに、たまにはよい。気持ちのよい景色だからな。存分に楽しんでいけばよい」

七輪を囲んで真剣に話し合っている者、庭の隅で喧嘩をしている者、立ち働きながらも、声を掛けられて、ご相伴に預かっている者もいる。身分関係なく、和気《わき》藹々《あいあい》とした空気が流れていた。

高虎はそれらを眺め、楽しそうに目を細める。

いつか高虎は、自然と人とが融合した景色が美しいのだと言った。その言葉の中には、今目の前にある風景も入っていたのかもしれない。

自然と人。人と人。皆が混ざり合い、分け隔てがなくなっていく。空良も高虎と同じように、気持ちのよいものとして目に映った。

「それに、鬼嫁様が目を光らせておるからな、羽目を外し過ぎることもあるまいよ」

高虎はそう言って悪戯っぽく笑い、酒宴の支度を申しつけるのだった。

晴れた夏空に、七輪の煙が立ち上っていく。

その煙に乗って、賑やかな笑い声が、城の外まで流れていった。

ここ日向埼に赴いてから、四度目となる秋が、もうすぐやってくる。

胡桃と酒と梅ふぶき

木の葉が降り積もった上を歩けば、湿った土の匂《にお》いが鼻に届いた。フカフカとした土の感触に、秋の訪れを実感させられる。

久し振りの山の景色を堪能しながら、三雲高虎《みくもたかとら》はゆっくりと歩いていた。

高虎が治める日向埼《ひゅうがさき》の領地に秋が訪れ、そろそろ収穫の時期に差し掛かる。嵐が多い土地柄なので、まだ警戒が必要だが、今のところ差し支えなさそうだというのが、空良《そら》の見立てだ。

今日は、農地の作物の収穫に先駆けて、遊山がてら山の実りを採りに来ている。栗《くり》や胡桃《くるみ》などの木の実、きのこに山菜と、山は多くの幸をもたらしてくれる。

一時期、この山の向こう側、隣国に於《お》いて、無計画な伐採で土砂崩れなどの被害が出て、こちらの領地に多くの流民がやってきた。その対応にだいぶ苦労をさせられたが、今は少しずつ復興の兆しを見せ、人々の暮らしも落ち着いてきていると聞く。

「あった。ありました、目印。ここです」

捨《す》て吉《きち》の元気な声が聞こえ、皆でそちらへ足を向ける。

捨て吉は、まさに隣国からの流民で、この山中で一年以上ものあいだ、隠れ住んでいたという経緯を持つ。そんなわけでこの山は庭のようなもので、今も我々をしっかりと先導してくれる。

目印を付けた場所を捨て吉が指し、そこを魁傑《かいけつ》が鍬で掘り起こしている。半月前にここに埋め、外皮を腐らせた胡桃の実を収穫しようとしているのだ。

「やだ、汚い。これ、食べ物？　腐ってるじゃないの」

掘り起こして土の上に広げられた塊《かたまり》を見て、眉《まゆ》を寄せているのは、空良の双子の姉である梅乃《うめの》だ。

今年の春、亭主と共にここ日向埼にやってきて、空良と姉弟の再会を果たした。いろいろと思惑やら喧嘩《けんか》騒ぎやらがあったのだが、滞りなく和解し、この秋、再び夫婦で住まいの五條《ごじょう》からやってきた。

夏に一度、夫の兵吉郎《へいきちろう》だけが仕入れのためにやってきて、城に挨拶《あいさつ》だけをして帰っていった。そのときに、空良がだいぶがっかりしたものだから、今回は夫婦での訪問とあいなった。別段無理強《じ》いをしたつもりはなくても、気を遣わせてしまったかと、空良も気にしていた。

それでも肉親の来訪はやはり嬉《うれ》しいらしく、訪問の旨を記した文をもらってからは、毎日のように土産《みやげ》や晩餐《ばんさん》の算段などを考え、指折り数えて待っていたのを、高虎も微笑《ほほえ》ましく見守った。

商売のための来訪なので、今回は城には滞在せず、城下に宿を取っている。空良は何度も城への滞在を促したのだが、了承してもらえなかったらしい。「頑固者」だと文句を言っていた。姉弟はやはり似るものらしい。

城への滞在は諦《あきら》めたが、どうしても姉との時間が取りたくて、こうして遊山へと誘い出した。兵吉郎は、仕入れのために帯同していない。梅乃の弟ではあるが、城主の伴侶だ。気軽にしてくれと言われても、どうしても恐縮してしまうのは、仕方のないことだと思う。

遊山のあとは、城へ連れ帰り、夕餉を一緒に取る算段もしている。そのときには兵吉郎も参加の予定である。可哀想《かわいそう》だが、その辺りは諦めてもらいたい。これからも付き合いは続くのだ。少しずつでも慣れていってほしいものだ。

空良は梅乃の好物を取り寄せたり、獲れたての魚を持ってくるよう港の者に頼んだりと、忙しく采配《さいはい》していた。その浮き立った様子に和《なご》んでいたら、睨《にら》まれてしまった。それもまた可愛《かわい》らしくて顔が緩む。ますます荒ぶる妻との細やかな交流も楽しいものだ。

「胡桃ですよ。姉上。こうやって土に埋めておくと、実が取りやすいんです」

「え、これが胡桃なの？」

「そう。採ったら半月ほどこうして土に埋めておくんです。果肉は渋が強くて食べられないし、こうやって腐らせないと皮が剝《む》きにくいんですよ」

「わたくしの知っている胡桃と違う。こんな不気味な色のぐじゃぐじゃではないわ」

「洗ったら姉上の知っている胡桃になりますよ」

「そうなの？」

「そう。まずはよく洗って、干して、茹《ゆ》でて、また干して……」

「随分面倒くさい工程を踏むのね。食べられるのはあんなにちょっとなのに」

「美味《おい》しいものを食べるには、そういった工程が大事なのです。そういう苦労の上でちゃんとした料理ができることを、姉上も学んだほうがいいですよ」

「料理ぐらいわたくしだってするわ」

「へえ……」

「なによ。兵吉郎に何を聞いたの？」

「何も聞いてないですよ」

「近所に山なんかないし、入ったこともないもの。胡桃が木の実だってことは知っていたけど、へえ、こうやって採るのね」

二人でしゃがみ込み、胡桃の実の塊を眺めながら話している。

「でも、それじゃあ、すぐに食べられないのね」

「これはね。既《すで》に収穫して割ってあるものが城にありますから」

「そう。わたくしは胡桃ゆべしが好きよ。兵吉郎も野菜と和《あ》えたものが好きだし」

「それはよかった」

「城にたくさんあるの？　お土産にもらおうかしら」

「いいですよ」

「もう割ってあるやつね？　中身だけでいいから、たくさん頂戴ね」

姉からのちゃっかりした要求に、空良が笑顔で頷《うなず》いている。

「でも、それなら、わざわざ採りに来なくてもよかったんじゃない？」

「それはそうですけど……次の分です。それに、採れるのは胡桃だけではありませんから。山菜やきのこだって豊富なんですよ、この山は」

空良にとっては収穫よりも、姉と一緒に遊山に行きたかったというのが本音だろうが、土の上に広げられた胡桃の実をせっせと籠《かご》に入れながら、山の実りの豊富さを説明している。

梅乃のほうも、汚い、不気味と口にしたものの、空良を真似《まね》て真っ黒な胡桃の実を手に取って籠に入れた。

「美味しいきのこもたんとありますよ。ね、捨て吉」

「はい。もっと奥のほうに、ブナの木があるから。あの辺でいっぱい採れる」

案内人の捨て吉が力強く頷いて、籠を背負って立ち上がった。

「木の実や山菜は下処理しないと食べられませんが、きのこは今日食べられますよ。夕方には新鮮な魚も届いているはずだから、楽しみにしてください」

捨て吉に次いで立ち上がった空良が、梅乃のほうへ手を差し出す。姉弟で手を繋《つな》ぎながら、山歩きの再開だ。

「お魚、楽しみだわ。前に食べたときも美味しかったもの」

「秋の魚は脂が乗って、また格別な味わいですよ」

にこにこしながら歩く二人の横顔が本当に似ている。美しい姉弟だ。

六年前、隼瀬浦《はやせうら》にいた高虎のもとにやってきた縁談は、梅乃とのものだった。伊久琵《いくび》の姫君であった梅乃姫を娶《めと》るという話は、同盟国の大内川《おおうちがわ》からもたらされ、父が了承したことから始まった。

その頃妻など娶る気のなかった高虎は、隼瀬浦に着く前に、穏便に追い返すつもりでその姫に会いに行き、そして空良と出会ったのだった。

あのとき嫁いできた者が梅乃だったらどうしただろうかとふと考え、すぐさまあり得ないなと首を振る。顔がそっくりでも、気性が似ていても、高虎が心惹かれるのは、やはり空良だけだ。梅乃であったなら、当初の予定通り、丁重にお断りして、伊久琵に帰しただろう。

器量よしの妻などいらなかった。嫡子である次郎丸《じろうまる》を盛り立て、隼瀬浦の発展のため命を擲《なげう》つ覚悟だったから、下手《へた》に伴侶などを持てば枷《かせ》になると思っていた。

けれどあの月の夜、滞在先の宿の縁側で、庭を眺めていた空良の姿を思い出す。月に照らされた横顔が儚《はかな》くも美しく、心を奪われた。

少しの会話を交わし、月の映る水面が見たいという要望に応《こた》え、湖に連れていった。声と体つきですぐに男と分かったが、そのときには既に伊久琵に帰す気は失《う》せていた。骨張った薄い身体《からだ》と、直《す》ぐにでも消え入りそうな面影に、感じるものがあったからかもしれない。しかしそれより心を占めたのは、もう少しこの者と一緒にいてみたいという思いだった。

あの頃の空良は、何もかも諦め、欲するものも何もなく、命さえ惜しむ様子がなかった。だから様々なものを与えてやりたいと思った。欲し、惜しみ、求める心を芽生えさせてやりたかった。

今、目の前で姉と手を繋ぎ、笑っている横顔は、あの頃と同じく美しく、けれど風合いがまったく違う。あの消え入るようだった儚さは消え去り、その代わりに凛々《りり》しさ、強《したた》かさ、華やかさが表に出ている。これが本来の空良なのだろう。

「そこ、木の根が出ています。気をつけて。捨て吉も転ばないように。急いでないからね」

姉の手を握り、歩きやすいようにと気を遣っている姿は優しさに溢れ、その笑顔も美しい。

「高虎殿。たまさかのことですから、大目に見てもらえればよろしいかと」

「ん？」

籠を背負い、鍬《すき》を持った魁傑が、声を潜めて言うのに首を傾《かし》げる。

「伴侶殿を姉上に取られて面白くないのは分かりますが」

二人をじっと見つめている高虎の様子が、どうやら悋気《りんき》を起こして憤っているように見えたらしく、魁傑に真面目《まじめ》な顔で諌《いさ》められた。

「いや。そのように思っていない。ただ見惚《みと》れていただけだ。美しい姉弟だなと」

「……ああ、そうでござったか」

気の抜けた顔をした魁傑が溜息《ためいき》を吐き、高虎は眉を上げた。

「俺だってそこまで心は狭くない。肉親だぞ？」

「どうだか」

すぐさま返され、ふむ、と考える。

そういえば、初めて梅乃が訪ねてきた頃、空良のあまりの喜びように、少し、ほんの少しだが、面白くないと思っていたことを思い出した。その後のちょっとした諍《いさか》いのほうが記憶に強く残ってしまい、忘れていたのだ。

今までになく空良が憤り、高虎に喰《く》って掛かったときには面食らった。それから自分自身もいろいろ考え、夫婦で話し合ったことは、良い機会だったと思う。あれ以来、夫婦の仲は更に良好で、愛《いと》しさが増したのだから。

「二人の仲は盤石なのだから、何も心配することはない」

「さようで」

「しかし、やはりせっかくの遊山なのだから、俺も少しはかまってもらいたいかもしれない」

そう言って、前を歩く空良に声を掛けた。空良が満面の笑みを浮かべ、高虎を振り返る。

「旦那さま、どうなさいました?」

「いや、今日の夕餉は俺も楽しみだと思ってな」

「そうですね。きのこはどうやって食べましょうか。やはり鍋《なべ》ですかね」

「ああ、そろそろ寒くなるから鍋はいいな。焼いて食べるのもいい。焼くと香りが強く出るのでな」

「いいですね。ほんの少し塩を振って、あと柑橘《かんきつ》を搾《しぼ》るのもたまりません」

「それはいい。是非《ぜひ》食したい」

「じゃあ、たくさん採らないと」

「そうだな」

夕餉の相談をしながら、さりげなく空良の空いたほうの手を取る。転ばないようにと注意をしながら歩いていると、梅乃が空良の手を解《ほど》こうとして、失敗していた。

「姉上、危ないから手を離さないで」

「一人で歩けるわよ。子どもではないのだから」

「駄目です。さっきも躓《つまず》いて転びそうだったでしょう？　ほら、言ったそばから」

「お前が手を引っ張るからよ」

口論を始める姉弟を微笑ましく眺めながら、高虎も手を離さない。後ろで魁傑が「藪《やぶ》を突《つつ》いてしまった」と、小さく呟《つぶや》く声が聞こえた。


夕餉の席は、以前梅乃たち夫婦を滞在させた客間でとることになった。

旬の魚に野菜の木の実和え、焼ききのこにきのこ鍋、その他にも細々《こまごま》とした惣菜《そうざい》が膳に載りきらないほど並んでいた。

「あなた、ほら、このきのこ、わたくしが採ったのよ」

梅乃が自分で採って焼いてもらったきのこを夫に勧めている。兵吉郎のほうは、「へい」とか「はあ」など、気もそぞろな返答をし、妻に叱《しか》られていた。

これはやはり、自分は席を外していたほうがよかったかと反省したが、今から中座してはもっと恐縮されるだろうと、この場に留まっている。

「胡桃ってね、採ったら土の中に半月ほども埋めるのですって。それから洗って、干して、茹でて、また干してと、すごく手間が掛かるのよ」

得意満面に説明する梅乃に、兵吉郎は「そうか。それは知らなかったなあ」と、若干芝居の台詞《せりふ》のような抑揚で返事をしている。優しい夫である。

「兵吉郎さん、お仕事ご苦労さまです。姉上を独り占めして申し訳ありませんでした。ささ、どうぞ」

「いえいえ。そのようなお気遣いはいりません。梅乃も楽しんだようですし」

空良はいそいそと兵吉郎に酒を勧めていた。酔わせて城に泊まっていくように画策している気配があった。どこで覚えたのか。そんな手管《てくだ》を一度も使われたことのない高虎だ。あとでこの件を問い詰めようと思う。

「兵吉郎殿よ、五條での商売は如何だろう」

高虎の問いに、一瞬ひくりと肩を跳ね上げ、兵吉郎がこちらに顔を向けた。

「へ、へい。お蔭《かげ》さまで上手《うま》くいっております。やはり目新しい品はすぐに評判に上がりまして、向こうでも大店に声を掛けていただき、新しく注文を頂いたりして、よい方向へ向いております」

もともと小さな小間物屋で、しかも梅乃との婚姻が原因で店を移したため、その界隈《かいわい》での新参者となった兵吉郎は、かなり大変な思いをしていたようだ。妻の伝手《つて》を頼ったことも、随分悩んだ末でのことらしい。

「旅芝居で評判のご領主のご伴侶さまが、梅乃の双子の弟だと聞いて、『しめた』と、一瞬思ってしまったのでございます」

酒のせいか、兵吉郎の口が幾分滑《なめ》らかになっている。

「梅乃は初めのうち、渋ったのです。弟といっても、会話をしたこともない、他人同然だと」

兵吉郎の言葉を聞き、空良がどう思うかとその顔をそっと覗《のぞ》き見るが、空良は一つも表情を変えず、「わたしも同じです」と言った。

「それで、一回は引き下がったのですが、やはりこれは大きな商機ではないかと思い、再び口利きを頼んだのです」

そこからは、初回の謁見のときの言葉通り、挨拶を兼ねた口利きの申し出だった。「お恥ずかしい話ですが」と兵吉郎は言うが、商人としては、ごく当たり前のことだ。

「僅《わず》かな伝手でもそれを手繰り寄せようとするのは、真っ当なことだと思うぞ。なんら恥じることはない」

五條は高虎にとっても知らない土地だ。向こうとて同じだろう。そこに商機を見いだし行動し、伝手を得たのは兵吉郎の手柄だ。実際、空良は梅乃のために紹介状を書き、兵吉郎の店のために尽力したのだから。

「利用できるものは、利用したほうがいいでしょう？　わたくしは物怖《ものお》じしたのと、ほんの少し、……妬《ねた》みがあったので、すぐには承諾できなかったのですけれど」

芝居に出てくる「三雲高虎」という人物の名を兵吉郎に伝えたのは、本当になんの気もなしのことだったと、その頃のことを思い出すように遠い目をして梅乃が語る。

「紹介してもらえないだろうかと兵吉郎に頼まれても、どうすればいいのか、わたくしにはとんと分かりませんでしたし」

それから二人で話し合い、実は店の状況が芳しくないことも告白され、そうして相談した結果、空良の元へ訪問することになった。

それからはいろいろあり、あわや夫婦として壊れそうになったが、上手く収まり今に至る。梅乃自身は、具体的なことは兵吉郎に伝えていないらしいが、夫には筒抜けだったようだ。

「五條へ一人で帰る覚悟をしましたが、空良様のお蔭で、こうして恙《つつが》なく夫婦を続けていられます」

「わたしは何もしていませんよ？　姉上が一人で踊っていただけですから」

「いやだ。変なことを言わないで」

焦《あせ》ったように空良の言葉を遮る梅乃に、兵吉郎が「平気だから」と笑顔を向けている。

「あのときは」「いや、いいんだよ」と、二人で睦《むつ》み合っているあいだ、高虎は空良に酌《しゃく》をしてもらい、酒を味わっていた。

「姉上が小賢《こざか》しい画策なんぞするから、ややこしくなっただけですよね？」

「誰が小賢しいですって？」

「姉上でしょう？」

「まあ……！」

恒例の姉弟喧嘩が始まりそうになり、高虎と兵吉郎とで「まあまあ」と、徳利《とっくり》を片手に互いの嫁を宥《なだ》める羽目になる。

「とにかく今は丸く収まって、商売も上向きになったのならば、よいではないか」

高虎の取りなしに、兵吉郎もうんうんと力強く頷いている。

「お蔭様で、本当によい商売をさせて頂いております」

空良の後《うし》ろ盾《だて》により、これまでの兵吉郎では到底会うことの叶《かな》わない大問屋との商談が叶った。徒歩でやってきたので、商談が上手く纏《まと》まっても、品数もそれほど揃《そろ》えられないと踏んでいたのが、空良に馬をもらったことで、思っていたよりも大量の物品を運べたことが大きかった。五條と日向埼は距離的に遠いこともあり、他に取引をしている店がなかったことも幸いした。

「ですが、これからはうちの品に目を付けた別の店も、こちらの領地に殺到すると思います。それなので、そう悠長にもしていられません」

海のない五條では、陸路での流通しか見込めない。兵吉郎のところには馬があるとはいえ、大店《おおだな》が荷車を何台も使い、護衛を雇って仕入れを始めたら、敵《かな》わなくなるからと、今からいろいろと対策を練っているようだ。

「幸い、空良さまからのご紹介で、随分たくさんの問屋と取引の機会を得られました。そちらを頼りに、少量ずつでも良いもの、他にないものを仕入れていきたいと思っております」

大店には大店の強みが、小店には小店の良さがある。それを模索していきたいと、珍しくハキハキとした声音で兵吉郎が語った。

「わたくしも、帳簿付けをしているのですよ。一人での店番も、挨拶回りなどもしているの」

梅乃も夫を手助けすべく、いろいろと精力的に働いているらしい。

「馬の世話はきちんとされていますか？」

「もちろんよ。と、言いたいところだけど、駄賃馬屋にお願いしているの。うちは馬を飼えるほどの敷地もないし、旅をしないあいだ、遊ばせておくのは勿体《もったい》ないから」

狭い家屋や店の軒先に繋いでおくわけにはいかないし、個人で馬を持つためには、やはり大きな敷地が必要だった。駄賃馬屋に預ければ、他の馬と同じように世話をしてもらえるし、自分たちが使わないあいだ、働かせることもできる。その賃金で世話代を賄《まかな》えると梅乃が説明した。

「働き者のいい馬だって褒めてもらったの。わたくしにもとても懐いていて、いい子なのよ」

我が子を自慢する親の顔をして、梅乃が笑った。今回も、五條から日向埼まで一緒に連れてきて、今は城下で預かってもらっているらしい。

「本当は、一緒に住めたらいいのだけれど」

「もっと稼いで、そのうち『はな』と一緒に住めるようにするから、な。それまで辛抱をしておくれ」

兵吉郎が、梅乃を慰めるようにしてそう言った。若干顔を赤らめているのは、可愛がっている馬の世話を人任せにしている不甲斐《ふがい》なさからくるのか、それとも酒のせいなのか。

梅乃たちの話を聞きながら、空良が何か言いたそうにしているのを、高虎は目で制した。

馬と一緒に住める屋敷が欲しいなら、援助したいと思ったのだろう。

今の空良であれば、容易《たやす》く叶う望みだ。しかし、それはしてはいけないことだと、高虎は思う。

空良が梅乃と同じ状況だったとして、例えば馬を飼えるような敷地の屋敷をもらい、或いは大店と呼べるような店を構えられるように援助をしてもらったとして、それを喜ぶかと問われれば、絶対にそんなことはない。梅乃もきっと同じだ。ましてや兵吉郎は立場がなくなってしまう。それは空良も分かっているのだろう。高虎に向けて、小さく頷く。

初めて梅乃がこの城を訪れたとき、梅乃は思わせ振りな態度を取り、言質《げんち》を取られぬまま、希望を通そうとしていた。空良は梅乃のそんな思惑に薄々気づきながらも、それでも姉の望みを叶えたいと願っていたことを、高虎は知っている。

空良の純粋な心を弄《もてあそ》ぶような所業をした梅乃が許せず、彼女の本性を暴露した上で、完全に縁を切り、二度と日向埼に足を踏み入れることのないようにしようかとも思った。しかし、肉親との交流にあれほど喜んでいた空良を悲しませることは、できるだけ避けたいと思い、ギリギリまで見極めようとしたことが、今では僥倖《ぎょうこう》だったと思っている。今も姉を気遣っている空良の表情を見れば、はやまらなくてよかったと、心から安堵《あんど》した。

今の梅乃はあのときとは違い、純粋に願いをただ口にしただけで、誰かに叶えてもらおうという思惑はない。兵吉郎の言葉に笑って頷き、自分も頑張るからと、夫婦二人の力で望みを叶えようとしていることが見て取れるから、それが分かる。

「『はな』という名を付けたのですか？」

そんな二人を見た空良が、援助の申し出の代わりに、馬の名について話題を変えた。

「そう。正式には『花ふぶき』と名付けたのだけれど、略して呼んでいるうちに、定着してしまって」

随分と風流な名を与えたのだなと、空良と高虎は二人で顔を見合わせて微笑んだ。

「……前の屋敷にいた馬がね、『梅ふぶき』という名だったの」

伊久琵の姫でいた頃、梅乃は当然移動に馬を使っていただろう。以前空良と共に城下に訪れ、馬に乗って移動したとき、随分堂々とした態度だったと、沢村から報告を受けていた。

「世話をしていたわけではないけれど、わたくしなりに可愛がっていたのよ」

「そうなのですか。だから『はな』を預かったとき、あんなに頑《かたく》なに世話をすると言い張ったのですね」

「頑なになったわけじゃないわ。世話ぐらいできると思ったの」

フン、とそっぽを向き、高飛車に答えながら、「でも、本当に可愛かったのよ」と呟く梅乃の顔は、寂《さび》しそうに見えた。

「栗毛の小柄な馬ですね。額のここに、十字の模様のある」

空良の声に、梅乃が驚いたように目を見開く。

「知っているの？」

「はい。わたしは伊久琵で馬の世話をしていましたから、『梅ふぶき』とも仲良しでしたよ」

「そう。元気でいるかしら」

「伊久琵のお屋敷に今もまだいるはずですから、元気だと思います」

空良たちの父親が蟄居《ちっきょ》を命じられたとき、馬の一頭も連れていなかったという話は聞いている。姫君の愛馬だったのならきっとそれなりの名馬だ。次の領主がそのまま所有していることだろう。

梅乃と空良が、かつての愛馬の話で盛り上がっている。片や父親から与えられた者と、片やその馬と共に馬小屋で暮らしていた者と。共通の馬の話でも、境遇がまったく違う。

「可愛がってもらっているといいのだけれど」

「きっと可愛がってもらっていますよ。賢い子だったから」

懐かしそうに目を細める梅乃の顔には、寂寥感《せきりょうかん》が漂っている。

一国の姫からの転落は、さぞ過酷だっただろう。本人の意思にかかわらず、凄《すさ》まじい勢いで変化し、戸惑っただろうことは想像ができた。同情すべきことなのだろうが、空良のこれまでを知っている高虎には同情はできないし、しようとも思わない。何故《なぜ》なら、梅乃自身が空良に対して、同情すべき心を持っていないからだ。

梅乃が空良に対して何をしたわけではない。

何もしなかったのだ。

空良が辛《つら》い目に遭《あ》っていたときに、手を差し伸べる術《すべ》を持っていた梅乃姫は、双子の弟に対して何もせず、何も思わなかった。

その一つだけで、高虎は梅乃を憎んでいる。

空良は梅乃を、父親を、伊久琵を恨んでいると言った。同じように、高虎もそれらを恨み、憎んでいる。

仲良く話す姉弟の姿を微笑んで眺め、姉弟の絆《きずな》が結べて良かったと安堵しながら、それでもフツフツと湧き上がるものがあるのも確かだ。

何も知らずに昔を懐かしむ姉に、その頃の弟の暮らしぶりを語ってやり、額《ぬか》づいて謝らせたいという衝動が起きる。

そんなことをしても、空良が喜ぶことはなく、却《かえ》って狼狽《うろた》えるだろうから、決して行動に移すことはしないが。

「旦那さま、お疲れですか？」

黙って酒を飲んでいる高虎の顔を見つめ、空良が心配そうに言う。

「いや、なんともないが」

「久々に山歩きなどしたから、疲れたのでしょうか」

「普段から鍛えているのだぞ。そんなわけない」

「でも、毎日城に詰めてお仕事をなさっているから、そういった疲れもあるのでは」

「つまみが美味《うま》いから、酒が進んだのかな？　そう心配するな。本当になんでもないから」

気遣わしげに高虎の顔を覗く空良の手に自分の手を乗せて、ポンポンと軽く叩《たた》く。

「なに。あまりに姉弟が睦まじいので、悋気を起こしたのかもしれぬ」

「……またそんな」

軽く睨まれたので、笑って空良に酌をする。

「山でも魁傑に叱られたしな」

「そういえば、山でゴソゴソとなにやら話していましたね。二人で良からぬことでも企《たくら》んでいるのかと思っていました」

「良からぬこととは人聞きが悪いな。俺が話す話題といえば、そなたのことしかないだろう」

「はいはい」

軽くあしらいながら高虎から徳利を奪った空良が、兵吉郎に酌をする。

「空良様、もう、もう、たくさんいただきましたので」

「まだこんなに残っていますのに。捨ててしまうのは勿体ないでしょう？　ささ、あと少し」

「はあ……では、もう一杯だけ」

恐縮しながら固辞する兵吉郎に向け、笑みを深めて勧める手腕が侮れない。

高虎も無言で空良の前に空になった盃《さかずき》を差し出す。

「旦那さまは飲み過ぎです」

と、更に迫力のある笑顔を作り、空良は残りの酒を兵吉郎に勧めるのであった。

かなりの酒を勧めたが、結局兵吉郎は潰《つぶ》れることなく、ピンシャンとしたまま梅乃と共に城を辞した。普段は控えめな兵吉郎だが、生粋《きっすい》の商人なだけはあり、酒には強かった。

帰っていく夫婦を見送り、残念がる空良を伴い奥座敷へと向かう。

兵吉郎に酒を勧めながら、本人もけっこう飲んでいたようで、空良の足捌《あしさば》きが覚束《おぼつか》ない。危なくないように、しっかり空良の肩を抱きながら、二人でゆっくりと歩いていく。

「相変わらず酒に弱いのう」

「控えていたはずなのですが、お返しされて飲んでしまい……」

「向こうのほうが上手だったか」

始終恐縮していたようでも、流石《さすが》の商売人だと感心した。

「してやられました。やっぱり姉上の旦那さんですね。強かです」

悔しがる妻が面白い。

「少し涼んでいくか？」

奥座敷の手前にある中庭で休憩を取ろうと縁側に誘った。素直についてきた空良が、トスンと落ちるように腰を下ろす。隣に座った高虎に、自然と寄りかかるように身を寄せてきた。

「楽しい晩餐だったな」

「ええ。楽しかったです。いろいろなお話も聞けましたし、夫婦もとても仲良さそうで」

「そうだったな」

以前は多少のよそよそしさがあった二人だったが、今日はそんな雰囲気もなかった。兵吉郎は梅乃の心情を汲《く》むようなこともせず、それでいて阿吽《あうん》の呼吸で会話していた。前よりもお喋《しゃべ》りになった梅乃の話を楽しそうに聞いていた。良い夫婦だと思う。

「よく辛抱したな」

唐突な高虎の褒め言葉に、空良が肩に乗せたままの頭を動かし、見上げてきた。

「なんの話でしょう?」

「馬と一緒に住みたいと言われた辺りで、口を出そうとしただろう?」

思い出そうとするように視線を上に向けた空良が、「ああ」と、思い当たった声を出した。

「ええ、確かに手助けがしたいと、ほんの一瞬、思いました」

「よく思い留まった」

「当たり前です。弟が口を出す権利はありませんから。ああいうのは、夫婦で叶えるものでしょう」

達観したような声音は、自分に言い聞かせているようでもある。

「あのとき、旦那さま、空良のことをチラッと見たでしょう。余計なことを言い出すんじゃないかと心配しましたね」

心外だというように軽く睨まれた。

「いや、心配などしなかった」

「嘘《うそ》です」

「……ちょっとだ。一瞬だな。信じていたし」

高虎の言い訳に、空良が疑いの目を向けてくるので笑って誤魔化《ごまか》す。

「旦那さまこそ、怒っていたでしょう?」

こちらを睨み上げたまま、今度は空良が指摘してきた。

「そうか?」

「そうですよ。伊久琵のお屋敷での『梅ふぶき』の話をしたとき、ピリッときました」

聡《さと》い妻は、高虎のほんの僅かな心情の機微にも気づくのだ。その内容にもきっと思い当たっていることだろう。

「愛馬を懐かしがる心はあっても、弟に対して気に病む心はないのだなと思うと、釈然としない」

「それはそうでしょう。あの頃の姉上は、わたしのことなど何も知らずに暮らしていましたし、わたしだってあの頃の姉の思い出なんて、一つも持っていませんし」

「そうなのだろうが、空良は凋落《ちょうらく》したあとの梅乃のことを聞き、心を痛めたり、後ろめたいと思ったりしたのだろう?」

「ええ。だからといって、空良はあの頃ことを知ってほしいとも、気に病んでほしいとも思いません」

知らなかったことを、今更知らせてなんになろうと、空良は穏やかな声でそう言った。

「旦那さまが気に病んでくださり、空良の心に寄り添ってくださるから、それだけでいいのです」

高虎に身体を預け、空良が言う。

「旦那さまが空良のために怒ってくれたこと、とても嬉しい。それは、旦那さまが空良のことを大切にしてくれているからだと思うから」

「そうだな。そなたは俺の大切な伴侶だ」

手を取られ、空良の頰《ほお》に誘導される。撫でてほしいという要望に応え、ゆっくりと優しく、柔らかい頰を撫でてやる。子猫のように目を細め、空良が高虎の手に頰を寄せた。

「恨んだり、憎んだりすることは、とてもいけないことだと思っていたのです」

高虎の手に凭《もた》れたまま、空良が言った。

これまで空良は、そういった負の感情を抱《いだ》くことがあまりなかったと、自分を振り返って言う。伊久琵にいた頃は、それこそそういう感情を持つ余裕もなく、教えてくれる人もいなかった。

だから、姉と対峙《たいじ》したときに、湧き上がった黒い感情に狼狽えた。醜い自分を恥じ、その不安を高虎に訴えた。

「けれど旦那さまは、そんなわたしにそれでいいと言ってくださいました。そんなわたしでも愛しいと言ってくださいました」

「その通りだ」

「とても嬉しく、心強かった。恨んでもいいんだって思ったら、気持ちが軽くなって、自由になったような気がしました」

高虎と出会ったお蔭だと、朗らかに笑う顔はあどけなく、幸福感に満ちている。

他人と関わりの薄い生活を抜け、高虎と夫婦になり、様々な経験を積みながら、遅い成長期を迎え、そうして大人へと変貌《へんぼう》を遂げた。感情を解き放ち、自由となった幸福感に酔いしれているのかもしれない。

そういった経験を経て人は成長していくのだが、普通に過ごしている課程で、自分でそれに気づくことはない。誰もが何も考えずにいつの間にか身に着けていたものを、空良は一つ一つ大切に拾い上げ、目を凝らし、育《はぐく》んでいく。

やはり希有《けう》な人だと、自分の手に凭れている愛しい人を見つめながら、高虎は思った。

「怒ったり、憎んだり、恨んだり、そういう負の感情を持ち、それを肯定するということは、自分の心の声を、ちゃんと聞いていることなのだと思う」

耳を塞《ふさ》ぎ、目を背けても、それはただの誤魔化しで、そういった黒い感情はしっかりとそこにある。

「心の声を聞くことは、自分を大切にするのと同じなのではないかと、俺は思う」

だから憎んでも、恨んでもいいのだ。それを相手にぶつけるかどうかは、また別の話なのだから。

「空良は、自分を大切にすることができるようになったのだな」

高虎の言葉に、空良の目が大きく見開かれる。そして、次には花が綻《ほころ》ぶように、柔らかな笑顔を作った。

「旦那さま……」

自分を呼ぶ唇に口づけを落とす。

夜の空気はシンとして冷たく、触れた唇が殊更に温かく感じた。

「……だいぶ冷えてきたな。そろそろ部屋に上がるか」

お互いに手を取ったまま、二人寄り添って夫婦の部屋へと歩き出す。

寝巻きに着替え、寝所に入り、身体を温め合うようにして抱き合った。

秋の夜の静寂に、あえかな声と吐息が混ざり合って溶けていく。

仄《ほの》かな酒の匂いの漂う部屋は、睦み合う互いの体温によって、春の宵のような暖かさに包まれた。


「なんだ。山菜採りに行ったのか。俺もついていけばよかった」

中庭の縁側で空良と茶を飲んでいるところへ、菊七《きくしち》がやってきた。秋の巡業を終えて、日向埼へ昨日戻ってきたのだという。巡業中に巡った様々な領地の情報を纏め、魁傑に渡したと報告を受けた。

空良の隣には捨て吉もいて、昨日採ってきた山菜のひげ根を取っている。

「きのこも胡桃もいっぱい採った。昨夜はきのこ鍋だった。美味かった」

捨て吉の言葉に、菊七が「豪勢だな」とその頭を撫でている。

「今度山へ入るときは声掛けてくれよ。日にちが合えば俺も行きたい。しばらくはこっちにいるからよ」

「分かった」

「で、栗も採ったのか？　俺、栗好きなんだ」

捨て吉の隣に腰を下ろした菊七が、横に置いてある菓子に手を伸ばし、素早い動作で口に入れている。礼儀も遠慮もない所業に呆れるが、誰がどう注意しても、ゲンコツをくれても直らないので、もう諦めている。

「栗はほんの少し。あまり落ちていなかったし、昨日は他にたくさん採るものがあったから」

空良の答えに菊七は「なんだ」と残念そうな顔をして、「じゃあ、胡桃でいいや」と、無遠慮な要求をする。

「昨日採ってきたばかりですから、まだ処理が終わっていませんよ。この前採ってきたやつなら、少しは」

「じゃあ、それでいいや」

どこまでも傍若無人な菊七に、空良も捨て吉も慣れているようだ。「じゃあ、取ってきます」

と捨て吉が縁側から庭に下り、山菜の入った籠を抱えて台盤所へと消えていった。

「量はそんなにありませんよ。姉上に渡す分もあるので」

「え、そら吉の姉ちゃん来てるのか」

「ええ。昨日も一緒に山に入ったんですよ」

姉の話をするのが嬉しいのか、空良が浮き立った声を上げている。

「昨夜は姉夫婦を招いて夕餉を取りました。孫次《まごじ》さんが良い魚を届けてくれて、とても喜んでもらったんです」

「ふうん。よかったじゃねえか。あ、どうせこっちにいるならよ、また芝居観に来いよ。姉ちゃん連れて」

菊七の誘いに、空良がうーん、と曖昧《あいまい》な声を出す。

「新作も評判いいぜ？　ちょっとした寸劇なんだけどよ」

「知っています。その寸劇がないなら行ってもいいですけど」

「馬鹿言うなよ。新作だぞ。やるに決まっている」

「では、無理ですね」

「なんでだよ」

「本人が観たら絶対自分のことだと思うからです」

評判になっている新作の寸劇というのが、「後家と嫁との仁義なき戦い」という演目で、誰がどう見ても梅乃が題材にされている。

　本命の芝居のあいだに挟まれる四半刻もない小話だが、要は仲の悪い後家と嫁との確執を描いた喜劇となっていて、それが日を替えていくつもの話が演じられているわけだ。

　空良も高虎も実際に観てはいないが、あらすじを聞いただけで頭を抱えた。梅乃に知られれば、もちろん自分のことだと分かるだろう。菊七が綿密に調べ上げた前の婚家での出来事が、そのまま芝居になっているのだから。

　たぶんそれだけでは終わらず、空良を題材にした芝居と同じように、面白おかしく脚色されているに違いないのだ。

「姉上が観たら気分が悪くなるでしょう？　連れて行けませんよ」

「いやいや、そこはおおらかな心で楽しむべきであって」

「姉上はおおらかではないので楽しめません」

「んなもん分かんねえって。よくある話だろ？　嫁と姑だって同じようなもんだし」

「じゃあ、嫁と姑の話にしたらよかったじゃないですか」

　空良の反撃に、菊七はチ、チ、チ、と人差し指を振り、「それじゃあお決まりで面白くねえ」と、軽く言う。

「後家さんと嫁だからいいんじゃねえか。新鮮だろ？　つうか、本当に評判いいんだって。ほら、こういうのって身近によくある話だろ？　誰もが『あるある』って共感するわけよ。

自分の母ちゃんだったり、嫁だったり。また、旦那が不甲斐ないのがなー、笑えるだよな。つか、大うけ！　みんな腹抱えて笑ってら」

菊七の宣伝文句に、なんとなく観てみたいような気がしてきた。菊七の一座は芸達者な演者揃いだから、きっと面白い芝居になっていることだろう。

「とにかく当分のあいだ、芝居小屋には近づかないようにします」

しかし空良はまったく興味をそそられないらしく、けんもほろろな返答だ。こっそり魁傑あたりに視察に行ってもらおうかとも考えたが、知られたときが恐ろしい。

そのうち台盤所に胡桃を取りにいっていた捨て吉が戻ってきた。

「じゃあ、待ってるから」

胡桃の入った小袋を受け取って、菊七が陽気に暇《いとま》を告げている。

「行きませんって」

「つれねえこと言うなよ。俺とそら吉との仲だろう？」

「どんな仲なのだ？」

馴《な》れ馴れしく空良の肩に腕を回そうとするので、咄嗟《とっさ》にその腕を摑《つか》もうとしたら、菊七は「あ、やべ」と叫んで素早い動きで飛び去った。

「ひー、おっかねえ。『鬼神の悋気』だ」

斬《き》り捨ててやればよかった。

「うわ、本気の殺気を飛ばしてくんなよ！　怖ぇええ」

太刀《たち》に手を掛けようとした瞬間、もの凄い速さで菊七が遠ざかる。物言いは無礼だが、この身体能力には毎度驚かされる。仕事を頼めばきっちり仕上げてくるので、それも得がたい能力だ。

「旦那さま、あまり無体なことをすると、芝居の題材にされてしまいますよ」

空良が本気で心配している。

「いや、もう既にいくつも題材にされているから、俺はいっこうにかまわない」

「ほらな！　旦那さんもそう言ってるし、大概の人は題材にされてもそんなに目くじら立てないんだって」

「わたしは嫌ですが」

「そら吉はうちの一座には欠かせない題材だから仕方がない。つうか、そっちの感覚のほうが変なんだよ。魁傑の兄貴だって喜んでるし、だからそら吉の姉ちゃんも案外喜ぶかもよ」

「絶対に喜ばない」

話はどこまでいっても決着がつかず、空良の抗議もどこ吹く風で、菊七は来たときと同じように傍若無人のまま帰っていった。

そして菊七が城へやってきた日から二日後の夜、何故か高虎は芝居小屋の前に立っていた。高虎の隣にはもちろん空良がいる。そして梅乃夫婦も同行していた。四人の周りには、五名の護衛が付いている。魁傑もいた。

見上げる先には演者たちの名を染めた幟《のぼり》がはためき、一際大きな幟には、今日の演目が記されていた。

大題目は人気の松木城の水攻めの話で、小題目も一緒に並んでいる。そこには「後家と嫁との仁義なき戦い、水攻めの巻」と書いてあった。

「……大題目に合わせてのこの小題目でしょうか。後家と嫁に水攻めという意味が、よく分からないのですが」

空良が困惑した声を上げ、題目を見つめている。

空良の隣にいる梅乃も、同じ幟を凝視していた。

「姉上、どうします？　やはりやめましょうか」

「どうして？　もの凄く評判なんでしょう？　観てみたいじゃないの」

恐る恐るといった空良の問いに対する梅乃の返答はケロリと軽いものだった。

聞けば、夫婦が逗留《とうりゅう》している宿に、菊七が訪ねてきたのだという。新しい題目が評判をとっているから是非観に来てほしいと誘われたのだそうだ。

「演目の種をくれてありがとうって、お礼を言われた。種って、そう、こういうことね」

淡々と語る梅乃に憤怒《ふんぬ》の表情はない。一緒にいる空良と兵吉郎のほうが困惑と立腹の合わさった顔をしていた。

とにかく入ろうという梅乃に付いていくような形で、ぞろぞろと小屋へと入っていく。

いつものように桟敷の前方を陣取るのもどうかと思ったが、高虎と空良の顔を確認した座員の心配りで、いつもの場所に案内されてしまった。これはもう腹を括《くく》るしかないと、桟敷に座る。小屋はいつも通りの満員御礼で、芝居が始まるのを皆が今か今かと待ち構えている。

拍子木が鳴り、役者菊之丞《きくのじょう》の「我はそら吉～」の声から始まる松木城水攻めの巻が幕を開けた。

何度も観た演目だが、観るたびに違った演出がなされ、演者たちも役を替えたりしているので、毎回新鮮な思いで楽しむことができた。

やがて魁傑とそら吉が親子を演じ、敵の陣営に潜り込むという人気の場面に入り、観客席は爆笑の渦に巻き込まれていった。達者な演者が素人《しろうと》芝居を演じるこの場面は、とにかく可笑《おか》しくて、高虎も声を出して笑った。空良も恥ずかしそうにしながらも、笑い声を堪《こら》えることができず、肩を震わせている。初めてこれを観ている梅乃夫婦に至っては、ずっと笑いっぱなしで、涙すら浮かべていた。

そうして大爆笑のうちに敵陣営潜入の場面が終わり、ここで一旦休憩が入ることになった。

しばらくザワザワと、これまでの感想などを言い合っていると、カンカンと再び拍子木が鳴り、いよいよ後家と嫁の小話が始まる。

後家の役を演じているのは菊七で、嫁の役は一座でやはり人気のある女役者だった。二人ともきつい化粧をしているが、両方美人だ。

初めはチクチクとした嫌味の言い合いから始まり、段々と険悪な空気が膨らんでいき、遂には嫁が手にしていた茶碗で後家に水をぶっ掛ける。それに激昂《げきこう》した後家が、茶碗よりも大きい湯飲みにお茶を淹《い》れ、盛大に掛け返した。

そこからはお茶の入った器がどんどん大袈裟《おおげさ》になっていき、湯飲みから丼《どんぶり》、鍋、桶《おけ》と大きくなっていき、最後には盥が運ばれてきて、盛大にぶちまけた。

水の入った器がどんどん大きくなるにつれ、客席から声が上がり、最後に盥《たらい》が運ばれてきたときには悲鳴と共に大爆笑が巻き起こった。たっぷりの水が入れられた盥は、役者一人では運びきれず、数人の黒子が援助してのぶちまけだった。観客に水が掛からないように考慮しているものの、まったく掛からずというわけにもいかず、飛沫《ひまつ》を浴びた客が悲鳴を上げ、それも笑いの一部となっていた。

後家も嫁もとことん役になりきっており、水の掛け合いの合間に交わす罵《のの》り合いも面白い。そしてそんな二人のあいだに挟まれて、オロオロするばかりの夫役がまた可笑しい。結局一番水を浴びたのが夫だったというオチがついたところで、寸劇は終わりを告げた。

爆笑に次ぐ爆笑で、観客席は芝居が終わっても手を叩いて笑っている。前の席で水を浴びた客も不快感を表すこともなく、やはり笑顔で拍手をしていた。

寸劇に夢中になってしまい、劇中に空良や梅乃たちの反応を見ることを忘れていた高虎は、急いで周囲に目をやると、梅乃はやはり手を叩いて笑っており、兵吉郎は苦笑に近い笑顔、そして空良は腹を押さえて、くの字になったまま震えていた。

「なるほど、これは水攻めだわ」

笑いすぎて流れた涙を指で拭《ふ》きながら、梅乃が言った。そして再び笑い転げる。

しばらく観客たちの笑いが収まらず、ようやく落ち着いてきた頃合いを見て、本領の水攻めの芝居の続きが始まったのだった。

そのあとは、お決まりの大立ち回りがあり、勝ち鬨《どき》が上がり、大盛り上がりのうちに芝居が終わる。

客がゾロゾロと小屋から出ていくのを見送って、高虎たちは最後に小屋を後にした。人々は皆笑顔で、本日の芝居に満足している様子が窺《うかが》えた。

「さて、楽屋見舞いに行くのでしょう？」

ようやく人がはけ、動ける態勢になったところで、梅乃が言った。

「とんでもない演目を上演してくれたものだわ。文句を言わないと」

言葉は厳しいが、梅乃は笑っていた。隣に並ぶ空良も笑顔だ。一緒に観劇した魁傑たち護衛の一同も同じ、全員が笑顔のまま小屋を出た。

いつものように、小屋の裏を周り、中庭を通って役者たちが控える部屋を訪れる。「菊之丞」と染められた暖簾《のれん》を潜ると、菊七が役の扮装を解かないまま、ぐったりと座り込んでいた。主役で出ずっぱりのそら吉役と、寸劇の後家役の二つをこなしたのだから、それは疲れるだろう。

「お疲れさまでございます」と空良が声を掛けると、菊七は力なく右手を上げ、「よう」といつもの無礼な挨拶を返した。

「どうだった？　面白かっただろう？」

疲労困憊《こんぱい》ながら、自慢げに問う菊七に、空良は苦笑で返す。そこに梅乃がズイと前に出て、「ちょっと」と、尖《とが》った声を出したから、これは不穏だと、高虎も前に出た。

「わたくしの話を種に作ったたって言っていたけれど、まるで違うじゃないの」

予想外の言葉に、一同ポカンとする。

「わたくしはあんなに口汚く罵ったりしないいし、盥も使ってない」

その他にも、あの場に嫁の旦那はいなかったし、なにより二人の風体がまるで違うと、つらつらと文句を言い募る。

「他の話もあんな感じなのかしら」

「ああ、まあな。肉弾戦では跳び蹴《げ》りが炸裂《さくれつ》したりするぜ」

「まあ。わたくし、そんなことはしないわ」

梅乃は真面目にそう言って、とにかく自分の話ではないと言い切った。

堂々とした梅乃の態度に、全員何も言えずに黙り込む。

菊七が言っていたように、よくある話を芝居用に落とし込んだ演目で、あれはあの人が題材だと騒ぐような実際的なものとはかけ離れていた。

芝居を振り返って考えれば、確かにあれは梅乃の話だと高虎は思う。菊七が持ってきた情報に、お茶の掛け合いをしたという話があったからだ。

だからどうしたという話だが。

梅乃が違うと言うならば、それでいいのだろう。芝居を観た梅乃が激昂して、楽屋で修羅場にならなかったことに安堵する。空良も似たような心持ちなのだろう。隣でホッとした顔をしていた。

そうして散々文句を重ねた梅乃は、最後に「でも面白かった」と言って笑った。

「あんなに声を上げて笑ったのは、生まれて初めてよ。涙まで出たんだから」

「そりゃよかった」

「別の巻も観てみようかしら」

「おう。観に来い、観に来い。今のところ、四話あるんだが、これからもっと増えるから」

梅乃は四演目のすべてを観る心づもりのようで、隣で兵吉郎がひっそりと溜息を吐いているのを見てしまった。明日からは商談に観劇にと、忙しいことになりそうだ。

「では、帰りますか。菊七さん。本当にお疲れさまでございました。二役もこなして大変だったでしょう。ゆっくり休んでくださいね」

空良の労《ねぎら》いに、多少元気が戻った様子の菊七が、勢いよく返事をした。

「おう。今日は特別だ。普段は別の役者がやるんだが、あんたらが来るって知っていたから、俺が立ったんだ」

「そうだったの。お上手でしたわ」

梅乃のお褒めの言葉に、菊七が一瞬虚を衝《つ》かれたような顔をして、すぐに不敵な笑顔を見せた。

「おう。一応役者だからな。芝居は得意なんだ」

菊七とまたみんなで観に来ると約束をして、高虎たちは芝居小屋を後にする。

日は既にとっぷりと暮れ、秋風が冷たく吹くが、大笑いした身体はまだ火照《ほて》っていて、寒さは感じなかった。

前を歩く梅乃と兵吉郎が、たった今見終わった芝居について、感想を語り合っている。後ろからも、護衛たちの騒がしい声が聞こえてくる。

どの声も明るく、充分に芝居を楽しんだことが伝わってくる。高虎も同じだ。久々に腹が捻れるかと思うほどの大笑いをした。

隣を見れば、空良がスッキリしたような顔をして、前を行く夫婦を眺めていた。

「寒くはないか?」

高虎の問いに、空良が笑顔で「寒くない」と答える。

「まだ芝居の興奮が残っているから。暑いくらいです」

そう言いながらも、空良が高虎の手を取り、握ってきた。

「そうだな。俺も一緒だ」

自分よりも幾分小さい妻の手を握り返し、帰りの道を歩いていく。

前方にいる夫婦も、高虎たちと同じように、手を繋いでいた。

あとがき

皆様こんにちは。野原滋です。このたびは「そらの絆は旦那さま」をお手に取っていただき、ありがとうございます。

なんと、六作目になりました。吃驚です。ここまで続くとは思っていませんでした。これも読者様の熱い応援のお蔭です。ありがとうございます。

さて、六作目にして空良の姉が登場しました。双子の片割れの梅乃姫は、空良が高虎のもとへ嫁いでから、いろいろと大変な目に遭っていたのですが、ここにきて堂々の登場です。姉弟の再会、というには二人ともまったく接点なく暮らしていたので、どのような邂逅になるのか、そして二人の関係はどんなふうになっていくのか、是非読者さまには楽しんでいただけたらと思います。

空良の姉の登場もありますが、今作では夫婦に初めての危機が訪れます。二人がどのように乗り越え、絆を深めていくのかも、是非お楽しみいただきたいです。

空良も少しずつ変わっていき、だいぶ人間らしくなったというか、成長したなあと思っていただけたら嬉しいです。

今作でも菊七がいい仕事をしています。魁傑の出番が少なかったのが悔やまれます。

お話の中に出てくる「つ」がつく年頃というくだりは、昔、自分が母親から教わった言葉でした。物語の話とは少しニュアンスが違うのですが、「つ」がつくうちは、やり直しがきくとか、なんとか、そんなような話で、聞き流していたのでよく覚えていないのですが、自分なりに解釈して、物語に盛り込んでみました。もっとちゃんと聞いておけばよかったと思いました（笑）。

今回もイラストを担当してくださったサマミヤアカザ先生。いつも素敵なイラストをありがとうございます。今回も実物を手にするのを楽しみにしています。

担当様にも毎度のことですが、大変ご迷惑、ご心配をお掛けしました。なんとか六作目を出すことができました。心から感謝いたします。

そして本作をお読みくださった読者様にも深く御礼申し上げます。

いろいろと困難を乗り越えて、一皮むけた空良と、いつでも愛情いっぱいの高虎との生活を、暖かく見守っていただけたら幸いです。

野原滋

✦初出　そらの絆は旦那さま…………………書き下ろし
胡桃と酒と梅ふぶき…………………書き下ろし

野原滋先生、サマミヤアカザ先生へのお便り、本作品に関するご意見、ご感想などは
〒151-0051 東京都渋谷区千駄ヶ谷 4-9-7
幻冬舎コミックス　ルチル文庫「そらの絆は旦那さま」係まで。

幻冬舎ルチル文庫

そらの絆は旦那さま

2024年1月20日　　第1刷発行

✦著者	野原 滋　のはら しげる
✦発行人	石原正康
✦発行元	株式会社 幻冬舎コミックス 〒151-0051 東京都渋谷区千駄ヶ谷 4-9-7 電話 03(5411)6431[編集]
✦発売元	株式会社 幻冬舎 〒151-0051 東京都渋谷区千駄ヶ谷 4-9-7 電話 03(5411)6222[営業] 振替 00120-8-767643
✦印刷・製本所	中央精版印刷株式会社

✦検印廃止

ISBN978-4-344-85366-9　C0193　Printed in Japan